喚醒你的日文語感！

こまかい日本語のニュアンスをうまく起こさせる！

唤醒你的日文語感！

こまかい日本語のニュアンスをうまく起こさせる！

びに行こう！

# 全日語
# 旅行

作　者 樂大維
總編審 王世和

IRT 語言測驗中心
Language Testing Center

貝塔語言出版
Beta Multimedia Publishing

　　衷心祝賀《全日語系列》第二本書籍《全日語旅行》順利出版。作者樂大維老師擁有在日本及菲律賓等外國的生活經驗，長年旅居國外，進出國門經驗豐富，深刻了解「人在異鄉」的苦樂。此次在撰寫本書時，除了根據個人多年經驗及敏銳觀察力外，另外還廣泛收集參考資料，進行相關人物的訪談。在眾多要素的組合下，繼本系列第一本書籍《全日語入校》後，又再度精心編寫出充滿其風格的日語學習書。下面就讓我隨讀者們共同探索這套系列書籍的深層奧妙，體驗作者風趣外表下的精密思緒。

　　首先，《全日語旅行》顧名思義書籍內容的場景設定在旅日期間可能接觸的各種情形，所介紹的日文就是在旅行日本時可以使用的實際會話。這本專為日本旅遊設計的書籍，不同於一般日語學習，無論單字、句型或教材的場景設計，都設定在「旅行」這個特殊背景，與《全日語入校》相同，皆屬於「量身訂做」的概念。既然是量身訂做，當然能夠滿足個人特殊需求，進而提升學習樂趣及成效。**這種特色具實用性也符合成本效益的概念，是忙碌現代人學習外語的不二選擇。**

　　本書編輯方式以「關卡」為章節名稱，將學習外語比喻為「過關斬將」，忠實呈現我們出國旅行時緊張、興奮、躍躍欲試的心情，

同時也反映出作者嚴謹態度下的幽默個性。內容分成 7 大主題（關卡），下設 35 個情境。每個「關卡」除提供相關單字、句型的「闖關暖身操」，以及自我檢測學習效果的「闖關練習題」外，另有 4 個項目是整本書的主要學習重點，其特色分述如下：

　　首先，每個學習項目分成兩個階段，前半部先藉由「你可以這麼說」來提示每個場景的可能內容，在這裡讀者可以學習到基本單字及句型。這是第一個學習階段，無需擔心與人對話，也無關場景問題，是專心背誦的學習階段，也是我們要「說出口」的部分，多複誦兩次有助加深記憶並提高開口說話的流暢度。完成了這個階段，就可以進入第二階段的「會話實況 LIVE」，這裡提供旅行時各種可能的簡單對話，學習時需要點想像力，想像某個特殊場景會遭遇什麼情形，該說什麼話來詢問或回應。實際用日語跟日本人交談難免會有點緊張，只要事先多加練習，就可以提升臨場應變的能力。將來遇到類似場景時，自然日語能脫口而出，就算沒能記憶透徹，遇到狀況也能翻開書本、照表操課。

　　另外，各關卡中穿插出現的「安心情報」、「日行一善」也是本書的特色之一。「安心情報」集結了作者旅居日本的發現與感想，其

中除了提供日本生活、交通、購物、消費、餐飲等資訊外，另有作者的貼心叮嚀，以及日語特色、使用場景的精闢解說等。從中讀者可以學習旅遊日本時微小但特殊的「重點」，也可以感受到作者敏銳的觀察力。而「日行一善」則是作者高度人文關懷的表徵，提醒我們各種突發狀況都可能是與人接觸的一個新契機，「好的開始是成功的一半」，透過適當的言語表現，一段屬於個人的國際交流或許可以就此展開。這兩個單元的內容以詼諧輕鬆的方式分享各種作者個人的觀察結果，快速翻閱穿插各處的「安心情報」、「日行一善」，將能帶來令人會心一笑的學習效果。

當然，本書也延續《全日語系列》的編輯方式，作者利用「※」及旁白的方式簡單說明語感、文法等，同時也透過「醬、斜線、括弧」等方式來提醒讀者們同樣的一句話可以有不同的表達方式。讀者在學習時，除了瞭解文法、背誦單字與句型外，如果尚有餘力，也可以將注意力放在不同表達方式所帶來的語感差異，或許能夠體驗出更深一層的學習樂趣。

《全日語系列》的企劃重點在於「安心」兩個字，每本書都提供我們某種特殊場景所需的特殊單字及句型，《全日語旅行》也是在

這個理念下誕生。透過事先學習，讀者可以少點心理負擔、多點安心，盡情享受旅行樂趣。即使無法熟記內容，當然也可以當場翻閱書籍，嘗試一指神功、照表操課、比手畫腳的另類溝通方式。希望有這本書的相隨，能讓各位讀者在遊山玩水、逛街購物的同時，還能透過實際場景演練平日所學，體會更深一層的異文化之旅。

東吳大學外國語文學院日本語文學系主任

卫世和

從事旅遊行業多年，碰過不少台灣人來日觀光時，因文化上的差異、習慣上的不同或語言上的隔閡等問題，而與日本人之間產生誤解，導致降低了旅遊的樂趣。現代人喜歡旅行，更有許多人偏愛不受行程拘束的自由行。我常想，如果有一本可解決各種旅途疑難雜症的萬能書籍，不知要造福多少旅遊愛好者。現在終於讓我碰上了這樣的一本書，當我看過內容之後，打從心裡想要將此書推薦給大家。

本書作者就像書裡「日行一善」單元裡所寫的「擋不住台灣人的熱血」、是個上進好學的熱情青年。認識他是在為朋友女兒接機的羽田機場。第一印象，直覺這青年忠厚老實、溫文有禮，又帶有點傻氣。談起話來活潑有力，並且總是用尊敬的語言表達。

本書共分為七個關卡，每個關卡都十分有趣，從生活用語到臨場反應，範圍廣泛、清楚易懂。第一關卡「行前準備」也很重要，熟習後在與日本人交流時，就不至於失禮了。在書裡作者用了很多「好好玩喔！」，從第四關卡開始的「日行一善」單元，也用了很多的「擋不住台灣人的熱血……」等用語，顯現作者也有童心未泯的一面，同時使得本書更生動、活潑。

特別值得一提的是，**讀者們了解每一則「安心情報」之後將受**

**益無窮**。我很驚訝這裡的每個細節都深入地表現了日本人的日常生活習慣。作者怎麼能了解得那麼透徹，這也是他對事物觀察入微最貼切的表現。作者熟悉日本文化、生活習慣，而且非常細膩。另外，不同於刻版的舊式教科書，本書揭載的會話與短句全都是到了日本實際會聽到的、可派上用場的，非常實用；而外來語的部分，也都加註了英文，使讀者能夠更加明白並且方便記憶。

這是一本值得您自用，以及推薦給親朋好友的日語旅遊會話學習書。本書能讓每一位到日本旅遊的旅客輕鬆闖關，並由闖關中漸進了解更多的日本生活習慣，體驗更深入的日本文化，達到快快樂樂出門、平平安安回家，實現既充實又滿足的完美旅行。有了本書，您將很快地成為日本通喔！

（株）JTB、（株）HANATOUR JAPAN
資深專業導遊

酒井美意子

許多去日本玩回來的人，都會有一些深刻的感觸：

扼腕啊！礙於語言問題，不敢說出內心話，常覺得很不甘心。
悔恨啊！害怕和日本人互動交流，眼睜睜錯過一段異國姻緣。
可惜啊！每天只能來往便利商店，失去大啖日本美食的機會。
自責啊！有時想要幫助別人，但又怕自己的魯莽會嚇到別人。
苦惱啊！日本店員接待客人時所說的敬語，全都有聽沒有懂。

面對日語學習書多樣化的市場，每個需求都是來自學習者內心的聲音。當然在嚴謹的編輯下，才能創造出令人驚豔的作品。《全日語旅行》在編輯初期，即訪問了旅遊達人有關赴日遊玩時會發生的窘境，也在背包客網站上收集了許多網友曾有過的溝通困難經驗。在完整的需求諮詢過程中，了解大家所遇到的語言問題，**以台灣老師最了解台灣學生語言障礙的角度**，試著在本書中為學習者一一解答。

另一方面，坊間有不少日文旅遊題材的書籍，各有各的特色及使用訴求。有的篇幅較廣，而抓不到重點；有的輕薄短小，卻缺乏學習性。因此本書所收錄的內容，句句精選、句句實用。並且融合學習元素後，讀者可以透過闖關暖身操及練習題，自我檢測語言能力是否進步，達到預習及復習的雙向功能。而最終的學習目標，是要培養學習者擁有解決旅遊溝通問題的能力。

和日本人說話時最令人害怕的就是「敬語」了，如「丁寧語」（譯：客氣說法）、「尊敬語」和「謙讓語」。一到了日本，不管是在機場、飯店、餐廳等地方都常聽得到。本書也彙集了許多服務業常出現的敬語，只要學習者能學會慣用的說法，以及變換的公式，一定能夠輕鬆地掌握使用敬語的訣竅。

　　書裡所穿插的「安心情報」及「日行一善」也是本書的特點。「安心情報」提供學習者台日之間的文化差異、日本有趣的社會現象，以及學習日文時的小撇步等；「日行一善」則是提供學習者在幫助別人時，能傳達本意的貼切說法。讓我們透過這樣的小小舉動，展現出台灣人善良、熱情的一面，促進更美好的台日交流吧！

　　最後，感謝東吳大學日文系主任王老師的審閱，大大提高了本書的專業度，完成這一本學習效率最高、內容最豐富的經典好書。接下來，讓我們一起前往日本，享受這趟美好又刺激的旅程吧！

你已經摩拳擦掌準備好要闖關了嗎？

樂犬維

## 目次

**關卡 1　行前準備** 學會這些基本用語，到了日本隨時都可派上用場！

**關卡 2　來去機場** 通關雖然不難，但說錯話可就麻煩大了！

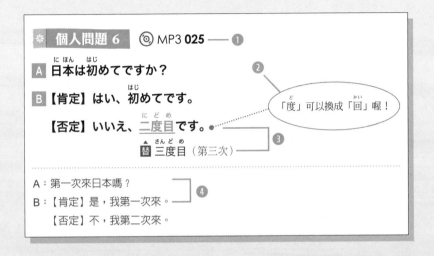

※ **個人問題 6**　◎ MP3 **025** ── ❶

A **日本は初めてですか？**
(にほん／はじ)

B 【肯定】**はい、初めてです。**
(はじ)

　　【否定】**いいえ、二度目です。**
(にどめ)

　　　　　❷

　　　「度」可以換成「回」喔！
(ど／かい)

　　▲ **替 三度目**（第三次）── ❸
(さんどめ)

---

A：第一次來日本嗎？

B：【肯定】是，我第一次來。── ❹

　　【否定】不，我第二次來。

❶ MP3 音軌編號。可依此序號選取不同段落，聆聽日籍配音員的正確示範。

❷ 針對某些用法的特別註解或小叮嚀。

❸ 由句中套色的部分，衍生出可替換的說法。若兩句意思相同，則省略中譯。

❹ 中文翻譯。其中有時會以「／」表示「或者」的意思。

● 闖關暖身操的【字彙預習】裡，中文翻譯前的數字表示該字彙的重音。

● 每個關卡中的【會話實況 LIVE】部分，商店或餐廳等的服務人員大多使用敬語：「丁寧語」（客氣說法）、「尊敬語」、「謙讓語」等，呈現出日語細膩講究之處。

● 有些音在口語中常被省略，書中以括號表示。例如：「さよ（う）な
　ら」、「～て（い）る」等。甚至助詞的省略也很常見。例如：「領
　收書（を）ください」等。

● 符號「外」表示外來語；外來語的相關略語，請見下方對照表。

| 原 | 原本說法，現已簡化 | 荷 | 源自荷蘭語 |
|---|---|---|---|
| 和 | 和製英語 | 義 | 源自義大利語 |
| 德 | 源自德語 | | |
| 法 | 源自法語 | 葡 | 源自葡萄牙語 |

# 行前準備

## 闖關暖身操

### ❋ 字彙預習

| | | | | | |
|---|---|---|---|---|---|
| ① 元気（げんき） | 1 活力；朝氣 | ② 世話（せわ） | 2 照顧 |
| ③ 手数（てすう） | 2 費事；麻煩 | ④ 残念（ざんねん） | 3 可惜 |
| ⑤ 下手（へた） | 2 不擅長 | ⑥ アニメ | 1 0 卡通 |
| ⑦ ドラマ | 1 電視劇 | ⑧ 出身（しゅっしん） | 0 出身；出生 |
| ⑨ 最高（さいこう） | 0 好極了 | ⑩ 完璧（かんぺき） | 0 完美 |

### ❋ 句型預習

① 動詞ない形＋でください。請不要～。

例 気（き）にしないでください。請不要介意。

② 動詞原形＋つもりです。打算～。

例 日本（にほん）で一週間（いっしゅうかん）ほど旅行（りょこう）するつもりです。

我打算在日本旅行一個星期左右。

③ ～しか動詞ます形改為否定的ません。只～。

例 簡単（かんたん）な会話（かいわ）しかできません。我只會簡單的會話。

④ 動詞ます形＋たいと思（おも）います。我想～。

例 日本人（にほんじん）の友達（ともだち）を作（つく）りたいと思（おも）います。我想交日本朋友。

16

---

❋ **問好**　◎ MP3 **002**

■ **おはようございます。**

早安。

■ **こんにちは。**

（白天）你好。

■ **こんばんは。**

（晚上）你好。

> 現在也有人不分晝夜，
> 把「こんにちは」當做一天
> 見面時的問候語喔！

■ **お休<sup>やす</sup>みなさい。**

晚安。

■ **お疲<sup>つか</sup>れ様<sup>さま</sup>です／お疲<sup>つか</sup>れ様<sup>さま</sup>でした。**

您辛苦了。

■ **お世話<sup>せ わ</sup>になりました。**

受您照顧了。

■ **お待<sup>ま</sup>たせしました。**

讓您久等了。

※ 與人相約，不管是否遲到，都以此問候對方。

■ **お手数<sup>て すう</sup>をお掛<sup>か</sup>けしました。**

麻煩您了。

※ お＋動詞ます形＋します＝敬語：謙讓語

■ **お久しぶりです。**

好久不見。

※ 敬語：ご無沙汰しております

■ **お父さんによろしく伝えてください。**

替 お父様（令尊）、お母様（令堂）、お母さん（你媽媽）、旦那さん（你先生）、奥さん（你太太）

請幫我跟你爸爸問好。

■ **お邪魔します／お邪魔しました。**

打擾您了。(進別人家前 / 後)

■ **ごめんください。**

(進店前) 打擾了。

■ **どなたかいらっしゃいますか？**

(進店後，空無一人時) 有人在嗎？

※「どなた」是「だれ」的敬語：尊敬語

※「いらっしゃいます」是「います」的敬語：尊敬語

會話實況 **LIVE** ▶

## ❉ 打招呼　◎ MP3 **003**

**A** お元気（げんき）ですか？

**B1** おかげさまで。

**B2** 元気（げんき）です。

- - - - - - - - - - - - - - - - - - - - - - - - - - - - - - - - - - - - - -

A：你好嗎？

B1：託您的福。

B2：我很好。

## ❉ 用餐　◎ MP3 **004**

■ いただきます。
　我要開動了。

■ ご馳走（ちそう）さまでした。
　我吃飽了。

■ ご馳走（ちそう）になります／ご馳走（ちそう）になりました。
　（別人請客時）謝謝您的款待。（餐前／餐後）

■ また<ruby>後<rt>あと</rt></ruby>で。

等會見。

■ また<ruby>明日<rt>あした</rt></ruby>。

明天見。

■ また<ruby>会<rt>あ</rt></ruby>いましょう。

下次見。

■ さよ（う）なら。

再見。

■ <ruby>失礼<rt>しつれい</rt></ruby>します。

（正式說法）告辭了。

※ 也用於進出辦公室前後

■ お<ruby>先<rt>さき</rt></ruby>に／お<ruby>先<rt>さき</rt></ruby>に<ruby>失礼<rt>しつれい</rt></ruby>します。

我先走了／我先告辭了。

■ <ruby>気<rt>き</rt></ruby>を<ruby>付<rt>つ</rt></ruby>けて（ください）。

路上小心。

■ お<ruby>元気<rt>げんき</rt></ruby>で。

要多保重。

會話實況
**LIVE** ▶

※ **出門時** ◎ MP3 **006**

A 行ってきます。

B 行ってらっしゃい。

---

A：我走了。

B：慢走。

※ **回來時** ◎ MP3 **007**

A ただいま（帰りました）。

B お帰り（なさい）。

---

A：我回來了。

B：你回來了。

安心情報

跟日本朋友說聲「ただいま」，對方一定會回你「お帰り」。每當自己冷不防地向對方拋出「お帰り」，對方也會趕緊丟回我一句「ただいま」。這樣的問候方式好像接話遊戲，哇，好好玩喔！

## 1-2 致謝道歉

※ **致謝** ◎ MP3 **008**

■ どうも。※ 也有問好的意思

■ ありがとう。

■ どうもありがとう。

■ ありがとうございます／ありがとうございました。
※ 受到恩惠前 / 後

■ どうもありがとうございます／どうもありがとうございました。
5 種道謝（依敬意程度由低到高排列）

### 安心情報

在日本有些人結完帳後，看到對方是較年長的收銀員，會向他說：「ありがとうございます」；而對方若是像學生般的年輕人的話，則會簡單地說：「どうも」或「ありがとう」，不過默默離開的人也有。他們為什麼不道謝呢？這些人有可能是因為急著離開，或者生性害羞而不想與人互動，或是認為這本來就是對方的工作所以不道謝等原因。能了解日本人這些不同的想法，哇，好好玩喔！

## ✻ 你可以回答　◎ MP3 **009**

■ **いいえ。**
不謝。

■ **いえいえ、こちらこそ。**
不謝不謝，彼此彼此。

■ **どういたしまして。**
不客氣。

## ✻ 道歉　◎ MP3 **010**

■ **悪い。**
<small>わる</small>

■ **ごめん。**

■ **ごめんなさい。**

■ **すみません。**
※「すまん」：偏男性用語

■ **申し訳ありません。**
<small>もう　わけ</small>

■ **申し訳ございません。**
<small>もう　わけ</small>
※「ございません」是「ありません」的敬語：丁寧語

■ **大変申し訳ございません。**
<small>たいへんもう　わけ</small>
7 種道歉（依歉意程度由低到高排列）

■ <u>いい</u>です。

替 <sup>だいじょうぶ</sup>大丈夫

沒關係。

■ <sup>き</sup>気にしないで（ください）。

請不要在意。

---

**日行一善！** 加油打氣篇 ◎ MP3 **012**

　　說到「請不要在意」，會讓人想到日文的「ドンマイ」（從英文 Don't mind. 轉化而來，意指「別在意」及「別擔心」）。如果你想為身旁因失敗而意志消沉的朋友加油打氣，可以大聲地對他說：

■ **ドンマイ！** 再接再勵！

---

**安心情報**

在路上伸個懶腰不小心打到無辜的路人，或是要借過的時候，都可以說聲「ごめんなさい」或「すみません」。相反地，擋到別人的路時，也可以說「ごめんなさい」或「すみません（でした）」。而搭電車時如果要塞進兩個人之間空出的小小位子時，或者是無意間進入打掃中的廁所時，都可以來一句「すみません」或「失礼します」向對方表示打擾之意。

## 1-3 「 回應對方 」

※ **你可以這麼說** ◎ MP3 **013**

■ **はい。**
是；對。

■ **いいえ。**
不是；不對。

> 在口語時常會說成「いや」。

ちが
■ **違います。**
不是；不對。

■ **そうです。**
是的。

> 我們能用「そうです」創造出
> 以下五種口氣上的變化，
> 來個「一炮五響」吧！

■ **そうですか？**
是這樣子嗎？

■ **そうですか。**
是這樣子啊。
※ 語調下降

■ **そうですよ。**
你說得沒錯喔！

■ **そうですね。**

對啊！

■ **そうですよね。**

是這樣，對吧！

■ **分かりました／分かりません。**

我懂了／我不懂。

■ **知っています／知りません／知りませんでした。**

我知道／我不知道／我現在才知道。

■ **本当ですか？**

真的嗎？

■ **その通りです／おっしゃる通りです。**

你說得對。（普通／敬語）

※「おっしゃる」是「言う」的敬語：尊敬語

■ **なるほど。**

原來如此；是這樣子喔。

■ **やっぱり。**

我就知道；不出我所料。

■ **確かに。**

確實如此。

■ **難しいですね／きびしいですね。**

不太方便耶！

■ **残念ですね。**

好可惜喔！

■ **すごいですね。**

真厲害耶！

■ **最高ですね。**

太棒了！

■ **完璧ですね。**

太完美了！

■ **さすがですね。**

真有你的！

■ **いい感じですね。**

感覺不錯喔！

■ **どうぞ。**

請（說）。

■ **いいですよ。**

好啊！

有些日本人說這句話的同時，也會流露出面有難色的表情，「不方便」的心情表達得特別傳神。

 **路上有人遞出傳單或贈品時** ◎ MP3 **014**

A：お<ruby>願<rt>ねが</rt></ruby>いします。

B：【肯定】<u>どうも</u>。

　　　　▲
　　　替 ありがとうございます

　　【否定】<u>いい</u>です。

　　　　▲
　　　替 <ruby>結構<rt>けっこう</rt></ruby>

- - - - - - - - - - - - - - - - - - - - - - - - - - - - -

A：麻煩你了。

B：【肯定】謝謝。

　　【否定】不用了。

😊 **安心情報**

日文「あいづち」指的是順著別人說話時的節奏，做出表示聆聽對方說話的反應，比如說，「ああ」、「うん」、「ええ」、「へー」、「ほお」和「おお」等。以後聽日本朋友說話的時候，也讓自己的嘴巴動起來吧！

1-4 自我介紹

※ **你可以這麼說** ◎ MP3 **015**

■ **はじめまして。**

（第一次見面時）你好。

■ **私は陳です。**

▲ 替 と申します（敬語：謙讓語）

我姓陳。

※ 置入全名也可以

■ **台湾から来ました。**

▲ 替 台湾人です／台湾出身です（我是台灣人）

我是從台灣來的。

■ **日本語を頑張って（い）る大学 1 年生です。**

我現在讀大學一年級，有在上日文課。

■ **今年で 2 5 才になります。**

▲ 替 年は 2 5 才になりました（今年已經 25 歲了）

今年要滿 25 歲。

> 第一句中的「で」表示「限定時間或範圍」，所以「今年で」即是「今年以內」的意思。順帶一提，這邊的「で」不能替換成表示「主題」的「は」喔！

■ 今回（は）、初めて日本に来ました。

替 二回目（第二次）／三回目（第三次）

這是我第一次來日本。

■ 私は日本語がまだまだです。

替 苦手（不擅長）／下手（不太好）

我的日文還不夠好。

■ 日本の文化が大好きです。

替 アニメ【animation】（卡通）／ファッション【fashion】（流行事物）／ドラマ【drama】（電視劇）／映画（電影）

我非常喜歡日本的文化。

■ 日本で一週間ほど旅行するつもりです。

我打算要在日本旅行一個星期左右。

■ 日本人の友達を作りたいと思います。

我想交日本朋友。

■ どうぞ宜しくお願いします。

請多指教。

 安心情報

和日本朋友第一次見面的時候，記得一定要使用敬體，即是「です・ます型」。

## 1-5 "" 溝通技巧 ""

**※ 你可以這麼說** 🎧 MP3 **016**

■ **日本語は少しだけ話せます。**

日文我只會說一點點。

■ **すみませんが、簡単な会話しかできません。**

不好意思，我只會簡單的會話。

■ **英語でいいですか？**

我可以用英文嗎？

■ **もう一度言ってください。**

請你再說一遍。

■ **もっと大きい声で言ってください。**

請再大聲一點。

■ **ゆっくり話してください。**

請說慢一點。

■ **これ、ちょっと分かりませんが。**

這個我不太懂。

■ **意味（が）分かりません。**

我不懂你的意思。

> 「が」給人欲言又止的感覺，
> 而後方其實省略了「請你再
> 說一次」的語意。

■ ここに書いてください。

請寫在這邊。

■ 紙に書いてもらえませんか？

可以幫我寫在紙上嗎？

■ この漢字は何と読みますか？

這個漢字該怎麼念呢？

■ 中国語<u>を</u>話せる方はいませんか？

　　　　　替 が

有沒有會說中文的人？

■「ポキ割」ってどういう意味ですか？

替 換上自己不懂的單字
「ポキ割」是什麼意思？

「ポキ割」是「ポッキリ割引」的簡稱。

分開來說，「ポッキリ」：只有這些；
「割引」：折扣，故爲「限定折扣」之意。

常用在店內會讓人失去理智的
吸睛商品：目玉商品。

32

## ❋ 日文解碼

|   | （日文假名） | （中文意思） |
|---|---|---|
| ① 意味 | | |
| ② 邪魔 | | |
| ③ 無理 | | |
| ④ 苦手 | | |
| ⑤ 結構 | | |

## ❋ 一搭一唱

（請依左方的中文提示，填入適當的搭配詞語。）

① 我想交朋友。　　　　友達<ruby>友達<rt>ともだち</rt></ruby>を ＿＿＿＿＿＿＿＿＿＿＿

② 來到了日本。　　　　<ruby>日本<rt>にほん</rt></ruby>に ＿＿＿＿＿＿＿＿＿＿＿

③ 日文不夠好。　　　　<ruby>日本語<rt>にほんご</rt></ruby>が ＿＿＿＿＿＿＿＿＿＿＿

④ 非常喜歡日本文化。　<ruby>日本<rt>にほん</rt></ruby>の<ruby>文化<rt>ぶんか</rt></ruby>が ＿＿＿＿＿＿＿＿

⑤ 請寫在這裡。　　　　ここに ＿＿＿＿＿＿＿＿＿＿＿

① お元気ですか？ _____

② 行ってきます。 _____

③ ただいま。 _____

④ ありがとうございます。 _____

⑤ （遇到發傳單的人）お願いします。 _____

① 看到久日不見的朋友時 _____

② 進辦公室之前時 _____

③ 請對方路上小心時 _____

④ 聽不懂對方說什麼時 _____

⑤ 請對方再說一遍時 _____

# 關卡 2

## 來去機場

観光で来ました♪

# 闖關暖身操

## ✢ 字彙預習

| ① 荷物（にもつ） | ① 行李 | ② タクシー | ① 計程車 |
|---|---|---|---|
| ③ ホテル | ① 飯店 | ④ 受け取り（うけとり） | ⓪ 領取 |
| ⑤ 着替え（きがえ） | ⓪ 換洗衣物 | ⑥ お土産（みやげ） | ⓪ 當地特產 |
| ⑦ パスポート | ③ 護照 | ⑧ マイル | ① 哩程 |
| ⑨ 仕事（しごと） | ⓪ 工作 | ⑩ 会社員（かいしゃいん） | ③ 上班族 |

## ✢ 句型預習

① <u>動詞原形</u>＋予定（よてい）です。 打算～。

例 どのくらい滞在（たいざい）する予定（よてい）ですか？ 你打算停留多久呢？

② ～はどこにありますか？ ～在哪裡呢？

例 手荷物（てにもつ）カートはどこにありますか？ 裝行李的手推車在哪裡呢？

③ ～を見（み）せてください。 請讓我看一下～。

例 パスポートを見（み）せてください。 請讓我看一下護照。

④ ～をお願（ねが）いします。 麻煩你～。

例 チェックインをお願（ねが）いします。 麻煩你辦理登機手續。

## 2-1 "護照查驗"

 **安心情報**

恭喜你安全地登陸日本了！

在入境之前，會經過紅外線體溫檢測機，用來測量每位旅客的體溫，以防急性呼吸道症候群（SARS）病毒及流行性感冒在日本蔓延開來。除了把手錶調快一個小時外，再趕快準備好護照及外國人入境紀錄單吧！在護照查驗這關裡，對方會請你按指紋及拍照。別忘了幫護照把「外衣」脫下來喔！

會話實況
**LIVE** ▶

❋ **在櫃台** ◎ MP3 **017**

A **お願<sub>ねが</sub>いします。**

B1 **指<sub>ゆび</sub>で押<sub>お</sub>してください。**

> 兩隻「食指」按下去！

B2 **もっと強<sub>つよ</sub>く押<sub>お</sub>してください。**

B3 **真<sub>ま</sub>ん中<sub>なか</sub>を見<sub>み</sub>てください。**

A **分<sub>わ</sub>かりました。**

**B** はい、どうぞ。

**A** ありがとうございます。

······

A：（遞出護照）麻煩你了。

B1：（按指紋時）請按指紋。

B2：（按不清楚時）請再按大力一點。

B3：（拍大頭照時）請看正前方。

A：我知道了。

B：好，請收回。

A：謝謝你。

## 2-2 "領取行李"

❊ **你可以這麼說** ◎ MP3 **018**

■ <u>あの、すみません</u>。

　替 すみません、ちょっとお尋ねします（不好意思，我想請教您一下）

　（在向別人提問之前）嗯，不好意思。

■ ＣＩ２２０便の荷物の受け取りはどこですか？

　CI220 班機的行李要在哪裡提領呢？

> 這裡的「220」可讀成
> 「ににゼロ」或「にひゃく
> にじゅう」。

■ 全ての荷物が出てきましたか？

　所有的行李都出來了嗎？

■ 私の<u>荷物</u>が出てこないんですが。

　　　替 スーツケース【suitcase】行李箱

　我的行李還沒出來。

■ その荷物は私のですが。

　那是我的行李。

■ 手荷物カートはどこにありますか？

　哪裡有裝行李用的手推車？

　外 カート【cart】手推車

■ かばんを機内に忘れてきてしまったんですが。

　我把包包忘在機艙裡面了。

## 2-3 "通過海關"

會話實況 **LIVE** ▶

❋ **通關中** ◎ MP3 **019**

A パスポートと申告書<ruby>申告書<rt>しんこくしょ</rt></ruby>を<ruby>願<rt>ねが</rt></ruby>いします。

B はい、これです。

A：請交給我護照和申報單。

B：好的，在這裡。

　　外 パスポート【passport】護照

**安心情報**

把護照及在飛機上填好的「<ruby>携帯品<rt>けいたいひん</rt></ruby>・<ruby>別送品申告書<rt>べっそうひんしんこくしょ</rt></ruby>」（隨身行李及託運行李申報單）恭敬地遞給海關人員，通關就大功告成囉！

以下列出了許多可能會被海關提出的問題，只要大家事先準備好答案，就可以輕鬆過關。記得！寧願跟海關說「真心話」，也不要跟海關玩「大冒險」喔！

會話實況
LIVE ▶

### ❋ 個人問題 1　◎ MP3 **020**

**A** お一人での滞在ですか？
（ひとり）（たいざい）

**B** はい、私一人での滞在です。
（わたしひとり）（たいざい）

---

A：您一個人來嗎？

B：對，我一個人來。

### ❋ 個人問題 2　◎ MP3 **021**

**A** 入国の目的は何ですか？
（にゅうこく）（もくてき）（なん）

　　▲
　**替** 訪問（到訪）
　　（ほうもん）

**B** 観光 ¹ です ²。
（かんこう）

　　▲
　**替**1 旅行（旅行）／休暇（渡假）／仕事（工作）／留学（留學）／
　　（りょこう）　　（きゅうか）　　　（しごと）　　　（りゅうがく）
　　家族訪問（探親）
　　（かぞくほうもん）

　　▲
　**替**2 来ました
　　（き）

---

A：來日本的目的是什麼？

B：觀光。

**A** どのくらい滞在<sup>たいざい</sup>する予定<sup>よてい</sup>ですか？

**B** 一週間<sup>いっしゅうかん</sup>ぐらいです。

替 三日間<sup>みっかかん</sup>（三天）／四日間<sup>よっかかん</sup>（四天）／五日間<sup>いつかかん</sup>（五天）

A：打算待多久呢？

B：一個星期左右。

**A** どこに滞在<sup>たいざい</sup>しますか？

替 されます（敬語：尊敬語）

**B** 東京<sup>とうきょう</sup>ホテルです。

替 友人の家<sup>ゆうじん　いえ</sup>（朋友家）

A：住在哪裡？

B：東京飯店。

外 ホテル【hotel】飯店

**A** ご職業<sup>しょくぎょう</sup>は何<sup>なん</sup>ですか？

**B** 学生<sup>がくせい</sup>です。

替 会社員<sup>かいしゃいん</sup>（上班族）／主婦<sup>しゅふ</sup>（家庭主婦）

A：您從事什麼行業？

B：我是學生。

※ **個人問題 6**　◎ MP3 **025**

Ａ 日本は初めてですか？

Ｂ 【肯定】はい、初めてです。

　　【否定】いいえ、二度目です。

> 「度」可以換成「回」喔！

替 三度目（第三次）

A：第一次來日本嗎？

B：【肯定】是，我第一次來。

　　【否定】不，我第二次來。

會話實況
**LIVE** ▶

※ **個人問題結束**　◎ MP3 **026**

Ａ 結構です。

Ｂ ありがとうございました。

A：這樣就可以了。

B：謝謝你。

A （<ruby>何<rt>なに</rt></ruby>か）<ruby>申告<rt>しんこく</rt></ruby>するもの<u>はありますか</u>？

替 を<ruby>持<rt>も</rt></ruby>っていますか

B いいえ、（<ruby>申告<rt>しんこく</rt></ruby>するものは<ruby>何<rt>なに</rt></ruby>も）ありません。

---

A：有（沒有什麼）東西要申報嗎？

B：不，沒有（任何東西要申報）。

A スーツケースの<u><ruby>中<rt>なか</rt></ruby>には<ruby>何<rt>なに</rt></ruby>が<ruby>入<rt>はい</rt></ruby>っていますか</u>？

替 <ruby>中身<rt>なかみ</rt></ruby>は<ruby>何<rt>なに</rt></ruby>ですか（裡面是什麼）

B <u><ruby>着替<rt>きが</rt></ruby>え</u>です。

替 <ruby>洋服<rt>ようふく</rt></ruby>（衣服）／<ruby>日常品<rt>にちじょうひん</rt></ruby>（日常用品）／お<ruby>土産<rt>みやげ</rt></ruby>（伴手禮）／<ruby>身<rt>み</rt></ruby>の<ruby>回<rt>まわ</rt></ruby>りの<ruby>品<rt>しな</rt></ruby>だけ（只有隨身物品）

---

A：行李箱裡面裝的是什麼東西？

B：是換洗衣物。

A スーツケースを<ruby>開<rt>あ</rt></ruby>けていただけますか？

B はい、どうぞ。

---

A：可以請您打開行李箱嗎？

B：好的，請（過目）。

## 2-4 離開航廈

### ※ 你可以這麼說　◎ MP3 030

■ 新宿<small>しんじゅく</small>まで行<small>い</small>きたいんですが、どう（やって）行<small>い</small>けばいいですか？

我想去新宿，該怎麼去好呢？

■ 電車<small>でんしゃ</small>はどこ<u>から</u>乗<small>の</small>ればいいですか？

[替] で

電車應該要在哪裡搭呢？

■ この近<small>ちか</small>くにタクシー乗<small>の</small>り場<small>ば</small>はありますか？

這附近有計程車招呼站嗎？

[外] タクシー【taxi】計程車

■ 新宿行<small>しんじゅくゆ</small>きのバスは東京<small>とうきょう</small>ホテルに止<small>と</small>まりますか？

開往新宿的巴士會停靠東京飯店嗎？

在離開航廈的時候，我們可以買票搭乘往返市區飯店與機場之間的
「リムジンバス」【Limousine Bus】利木津巴士，這樣就可減少全
身帶著家當上下電車的麻煩喔！

■ **新宿までお願いします。**

（一個人購票時）麻煩你我要一張到新宿車站的車票。

※ 不用特地說出一張票

■ **新宿までの切符を二枚お願いします。**

替 チケット【ticket】車票；門票

（兩個人購票時）麻煩你我要兩張到新宿車站的車票。

■ **東京ホテルは何番目の停留所ですか？**

東京飯店要在第幾站下車呢？

■ **次のバスは何時発ですか？**

下一班是幾點發車？

■ **バス乗り場はどこにありますか？**

在哪裡等車呢？

■ **このバスは新宿まで行きますか？**

替 に

這班巴士會到新宿嗎？

上了利木津巴士以後，工作人員會很有禮貌地到車上來感謝大家的搭乘，再拿著字卡請大家遵守日本的法規，不管坐在哪個位置上，都必須要繫上安全帶。

### 你可以這麼說  ◎ MP3 **031**

■ **チャイナエアライン**のカウンターはどこですか？

🔺替 日本航空（日本航空：JAL）／エバー航空（長榮航空：EVA）／全日空
（全日空：ANA）／デルタ航空（達美航空：DELTA）／ユナイテッド航
空（美國聯合航空：United Airlines）／キャセイパシフィック（國泰航空：
CATHAY PACIFIC）

中華航空（China Airlines）的櫃台在哪裡？

外 カウンター【counter】櫃台；吧台

■ **台湾便のチェックインはいつからですか？**

飛台灣的班機什麼時候開始辦理報到手續呢？

外 チェックイン【check in】（機場、飯店等）報到

■ **チェックインをお願いします。**

麻煩你我要辦理登機的報到手續。

■ **通路側の席にしてください。**

🔺替 窓側の（靠窗）／出口に近い（靠近出口）

請幫我選靠走道的位子。

■ **二人で一緒に座りたいですが、隣同士の席にしてもらえますか？**

（指向後方朋友）我們兩個人想坐在一起，可以幫我安排相鄰的位子嗎？

會話實況
**LIVE** ▶

---

<blockquote>

✽ **託運行李時** ◎ MP3 **032**

</blockquote>

**A** お預けの荷物はおいくつですか？

**B** 一つだけです。お願いします。

.....................................................................

A：您有幾件行李要託運呢？

B：我只有一件而已，麻煩你了。

<blockquote>

✽ **你還可以這麼說** ◎ MP3 **033**

</blockquote>

■ これは機内に持ち込めますか？

這個可以帶上飛機嗎？

■ すみません、オーバーした分を手荷物に入れるので、また来ます。

不好意思，我會把超重的東西裝到手提行李裡面去，（等一下）再過來。

外 オーバー【over】超過

■ マイルを加算してください。

請幫我累積哩程。

外 マイル【mile】哩程

■ どれぐらい遅れるのですか？

（這班飛機）會晚多久才飛呢？

48

# 闖關練習題

## ❀ 日文解碼

　　　　　　　　（日文假名）　　　　　　　（中文意思）

① 滯在 ＿＿＿＿＿＿＿＿＿＿＿＿　＿＿＿＿＿＿＿＿＿＿＿＿

② 加算 ＿＿＿＿＿＿＿＿＿＿＿＿　＿＿＿＿＿＿＿＿＿＿＿＿

③ 休暇 ＿＿＿＿＿＿＿＿＿＿＿＿　＿＿＿＿＿＿＿＿＿＿＿＿

④ 申告 ＿＿＿＿＿＿＿＿＿＿＿＿　＿＿＿＿＿＿＿＿＿＿＿＿

⑤ 機內 ＿＿＿＿＿＿＿＿＿＿＿＿　＿＿＿＿＿＿＿＿＿＿＿＿

## ❀ 關鍵助詞

① 新宿（　　）（　　）お願いします。

② これ（　　）終わりです。

③ 隣同士の席（　　）してもらえますか？

④ チェックインはいつ（　　）（　　）ですか？

⑤ 私一人（　　）の滯在です。

① 入国の目的は何ですか？ _____

② どこに滞在しますか？ _____

③ 日本は初めてですか？ _____

④ ご職業は何ですか？ _____

⑤ スーツケースを開けていただけますか？ _____

① 在問別人問題前要說 _____

② 想知道電車要在哪裡搭時 _____

③ 要買兩張到新宿車站的車票時 _____

④ 麻煩對方辦理登機的報到手續時 _____

⑤ 想選靠走道的座位時 _____

# 抵達飯店

お湯が出ません！

# 闖關暖身操

## ✻ 字彙預習

| | | | | |
|---|---|---|---|---|
| ① タイプ | ① 種類 | ② 予約 | ① 預約 |
| ③ キャンセル | ① 取消 | ④ チェックイン | ④③ 住房手續 |
| ⑤ チェックアウト | ④ 退房手續 | ⑥ 電気 | ① 電燈 |
| ⑦ 両替 | ① 換錢 | ⑧ 食事 | ① 用餐 |
| ⑨ インターネット | ⑤ 網路 | ⑩ 明細書 | ①⑤ 明細表 |

## ✻ 句型預習

① 動詞ます形＋たいのですが。 我想要～。

例 今晩泊まりたいのですが。 我今晚想要住房。

② 動詞て形＋してあります。 之前做好某個動作的完成狀態持續到現在。

例 予約してあります。 我已經預約好了。

③ 動詞て形＋もらえますか？ 可以幫我～嗎？

例 貴重品を預かってもらえますか？ 可以幫我保管貴重物品嗎？

④ 動詞原形＋ようです。 好像～。

例 電球が一つ切れているようです。 有一個電燈泡好像燒壞了。

## 3-1 "電話訂房"

會話實況 **LIVE ▶**

※ **當日訂房** ◎ MP3 **034**

A もしもし、今晩泊まりたいのですが。

B どのようなお部屋がご希望ですか？

A シングルルームをお願いします。

> 替 ダブル【double】（一張大床的）雙人房／ツイン【twin】（兩張小床的）
>
> 雙人房／スィート＝スイート【suite】套房（客廳與臥房相通的房型）

B かしこまりました。お名前を教えていただけますか？

> ※「いただけます」是「もらいます」的敬語：謙讓語

A 王小明と言います。すぐに伺います。

---

A：喂，我今晚想要住房。

B：您想要訂什麼樣的房間呢？

A：我要一間單人房。

B：好的。可以請教一下您的大名嗎？

A：我叫王小明。我馬上就會到飯店了。

> 外 シングルルーム【single room】單人房

其他我們還應該事先準備好的訊息有：電話號碼、抵達方式及時間等。

■ <ruby>予<rt>よ</rt></ruby><ruby>約<rt>やく</rt></ruby>した<ruby>内<rt>ない</rt></ruby><ruby>容<rt>よう</rt></ruby>を<ruby>確<rt>かく</rt></ruby><ruby>認<rt>にん</rt></ruby>できますか？

我能確認之前的訂房資料嗎？

■ <ruby>予<rt>よ</rt></ruby><ruby>約<rt>やく</rt></ruby>の<ruby>変<rt>へん</rt></ruby><ruby>更<rt>こう</rt></ruby>をしたいのですが。

▲
替 <ruby>部<rt>へ</rt></ruby><ruby>屋<rt>や</rt></ruby>（房間）

我想要更改預約（的時間等）。

■ <ruby>予<rt>よ</rt></ruby><ruby>約<rt>やく</rt></ruby>をキャンセルしたいのですが。

▲
替 <ruby>予<rt>よ</rt></ruby><ruby>約<rt>やく</rt></ruby>のキャンセルを

我想要取消預約。

外 キャンセル【cancel】取消

■ キャンセル<ruby>料<rt>りょう</rt></ruby>はかかりますか？

需要付取消的手續費嗎？

安心情報

ダブル及ツイン都指「雙人房」，會不會容易混淆呢？

教你一個只要念出聲音，就能馬上辨別的小妙招：

ダブル→用發音聯想成「大」，故為「大床」雙人房。

ツイン→用發音聯想成「ツー」【two】，故為「兩床」雙人房。

會話實況
**LIVE** ▶

※ **預先訂房** ◎ MP3 **036**

**A** 宿泊の予約を<u>し</u>たいのですが。
　　　▲
　　　替 入れ

**B** かしこまりました。何日のご予約でございますか？
　※「でございます」是「です」的敬語：丁寧語（客氣說法）

**A** 五月一日から<u>二泊</u>です。
　　　　　　　　　▲
　　　　　　　　　替 一泊（一晚）／三泊（三晚）／四泊（四晚）

**B** 五月一日ご到着で三日ご出発でございますね。

　何名様でいらっしゃいますか？
　※「いらっしゃいます」是敬語：尊敬語

**A** <u>一人</u>です。
　　　▲
　　　替 二人（兩個人）／三人（三個人）

**B** お部屋のタイプはいかがいたしましょうか？
　※「いたしましょう」（いたします）是「します」的敬語：謙譲語

シングルをお願<sup>ねが</sup>いします。

A：我想要訂房。

B：是的。您要訂幾天呢？

A：從五月一號開始我要住兩晚。

B：您五月一號入住，三號退房是吧！您有幾位呢？

A：一個人。

B：（直譯：房間的類型要如何為您準備呢？）您需要什麼房型呢？

A：我要單人房。

外 タイプ【type】類型

※ **你還可以這麼說** ◎ MP3 037

### ■ 12日<sup>にち</sup>から空<sup>あ</sup>いて（い）る部屋<sup>へや</sup>（は）ありますか？
12 號起有空的房間嗎？

### ■ 朝食<sup>ちょうしょく</sup>は付<sup>つ</sup>いていますか？
替 付<sup>つ</sup>きですか

有附早餐嗎？

### ■ 料金表<sup>りょうきんひょう</sup>を見<sup>み</sup>せてもらえますか？
可以讓我看一下房價表嗎？

### ■ その部屋<sup>へや</sup>に決<sup>き</sup>めます。
我要那個房間。

## 3-3 "住房手續"

※ **在櫃台** ◎ MP3 **038**

A いらっしゃいませ。

B チェックインしたいのですが。

A ご予約はされていらっしゃいますか？

　※ 普通說法：予約はしていますか？

B はい。予約してあります。

A お名前をいただけますでしょうか？

B 王小明です。

A それでは王様、こちらにご記入 (して) いただけますか？

B はい。

A ありがとうございます。お客様のお部屋は１２１２号室で、こちらが鍵でございます。ごゆっくりお過ごしくださいませ。

B どうもありがとう。

A：歡迎光臨。

B：我想要辦入房手續。

A：您事先預約了嗎？

B：是的，我有預約。

A：可以請教一下您的大名嗎？

B：我叫王小明。

A：那王先生請您填一下這張表格好嗎？

B：好。

A：謝謝您。您的房間是 1212 號房，這是您的鑰匙。祝您住房愉快。

B：非常謝謝你。

## ❋ 你還可以這麼說 ◎ MP3 039

### ■ <u>チェックインの時間まで</u>荷物を預かってもらえますか？

替 チェックアウト後に（退房後）

到辦入房手續前的這段時間，可以幫我保管行李嗎？

外 チェックアウト【check out】退房

### ■ 今からチェックインできますか？

現在就可以辦入房手續了嗎？

### ■ チェックインお願いします。

麻煩你我要辦理入房手續。

### ■ 予約した王です。

我之前有訂房，我姓王。

### ■ チェックインは何時からですか？

辦理入房手續是從幾點開始呢？

■ チェックアウトは何時<ruby>時<rt>じ</rt></ruby>までですか？

辦退房手續最晚到幾點呢？

■ エキストラベッドをお<ruby>願<rt>ねが</rt></ruby>いしたいのですが。

我想請你幫我加床。

<sup>外</sup> エキストラベッド【extra bed】加床

■ <ruby>何日間連泊<rt>なんにちかんれんぱく</rt></ruby>できますか？

（這裡）可以續住幾天？

■ ホテルにはどのような<ruby>施設<rt>しせつ</rt></ruby>がありますか？

飯店裡有哪些設施呢？

■ ホテル<u>で</u><ruby>中国語<rt>ちゅうごくご</rt></ruby>を<ruby>話<rt>はな</rt></ruby>せる<ruby>人<rt>ひと</rt></ruby>はいますか？

替 に

飯店裡面有會說中文的人嗎？

■ ホテルで<ruby>両替<rt>りょうがえ</rt></ruby>できますか？

在飯店可以換錢／兌換外幣嗎？

■ ホテルで<ruby>地元<rt>じもと</rt></ruby>の<ruby>特産品<rt>とくさんひん</rt></ruby>を<ruby>買<rt>か</rt></ruby>うことができますか？

飯店裡可以買得到當地的特產嗎？

■ <u>プール</u>は<ruby>何時<rt>なんじ</rt></ruby>まで<ruby>利用<rt>りよう</rt></ruby>できますか？

替 コーヒーショップ【coffee shop】（咖啡店）／<ruby>温泉<rt>おんせん</rt></ruby>（溫泉）／<ruby>浴場<rt>よくじょう</rt></ruby>（澡堂）／スポーツ<ruby>施設<rt>しせつ</rt></ruby>【sports】（健身器材）

游泳池能使用到幾點／開到幾點？

<sup>外</sup> プール【pool】游泳池

■ <ruby>夕食<rt>ゆうしょく</rt></ruby>のレストランはどこですか？

　　替 <ruby>朝食<rt>ちょうしょく</rt></ruby>（早餐）

（直譯：晚飯的餐廳在哪裡？）晚餐在哪裡吃呢？

　　外 レストラン【restaurant】餐廳

■ <ruby>外出<rt>がいしゅつ</rt></ruby>する<ruby>時<rt>とき</rt></ruby>、カギはどうしたらいいですか？

外出時鑰匙該怎麼處理？

■ <ruby>明日朝<rt>あしたあさ</rt></ruby>６<ruby>時<rt>じ</rt></ruby>に<ruby>起<rt>お</rt></ruby>こしてください。

　　　　　　　　替 モーニングコールをお<ruby>願<rt>ねが</rt></ruby>いします（請給我 morning call）

明天早上六點請叫我起床。

　　外 モーニングコール【morning call】晨喚服務

■ ドライヤーを<ruby>借<rt>か</rt></ruby>りたいのですが。

我想借一下吹風機。

　　外 ドライヤー【drier】吹風機

■ この<ruby>近<rt>ちか</rt></ruby>くにコンビニはありますか？

這附近有便利商店嗎？

　　外 コンビニ（原爲：コンビニエンスストア）【convenience store】便利商店

■ ホテルから<ruby>六本木<rt>ろっぽんぎ</rt></ruby>までは、タクシーでどのくらい<ruby>時間<rt>じかん</rt></ruby>がかかります

か？

從飯店到六本木，坐計程車要多久？

■ <ruby>一万円札<rt>いちまんえんさつ</rt></ruby>をくずしてもらえますか？

可以幫我把一萬日圓的鈔票換開嗎？

■ **ファックスしてもらえますか？**

可以幫我傳真嗎？

外 ファックス【fax】傳眞

■ **この手紙を出してもらえますか？**
　てがみ　だ

可以幫我寄這封信嗎？

■ **荷物が多いので、部屋まで運んでもらえませんか？**
　にもつ　おお　　　　へや　はこ

（我的）行李很多，可以幫我送到房間嗎？

■ **明日の朝１０時にここを出るので、タクシーを呼んでもらえます**
　あした　あさ　じ　　　　　で　　　　　　　　　　　　よ
**か？**

明天早上10點我要從這裡離開，可以幫我叫部計程車嗎？

■ **貴重品を預かってもらえますか？**
　きちょうひん　あず

可以幫我保管貴重物品嗎？

安心情報

「預ける」和「預かる」都是「保管」的意思，但前者為「給人保
管」；後者為「幫人保管」。上句中因為是請對方保管，也就是說對
方要「幫人保管」，所以用的動詞為「預かる」。
　　　　　　　　　　　　　　　　　　　　あず

關卡
③

## 3-4 "客房問題"

◎ MP3 **040**

### ❋ 你可能會聽到

■ 何<sub>なに</sub>かお困<sub>こま</sub>りですか？

（直譯：您有什麼困難嗎？）有什麼可以為您服務的嗎？

※ 飯店櫃台人員的服務用語

### ❋ 你可以這麼說

■ どうやってインターネットに接続<sub>せつぞく</sub>するんですか？

要怎麼連結網路 / 上網呢？

外 インターネット【internet】網路

■ 無線<sub>むせん</sub>ランに接続<sub>せつぞく</sub>するには、暗号<sub>あんごう</sub>キーが必要<sub>ひつよう</sub>ですか？

連結無線網路的話，需要網路金鑰嗎？

外 キー【key】鑰匙

外 ラン【LAN】（原爲：Local Area Network）區域網路

■ 接続<sub>せつぞく</sub>の設定<sub>せってい</sub>をお願<sub>ねが</sub>いできますか？

可以請您幫我設定一下網路嗎？

■ 部屋<sub>へや</sub>の中<sub>なか</sub>にカギを置<sub>お</sub>き忘<sub>わす</sub>れました。

替 カードキー【card key】（房卡）

我把鑰匙忘在房間裡頭了。

■ **部屋のカギをなくしました。**

我把房間的鑰匙弄丟了。

■ **お湯が出ません。**

沒有熱水。

■ **電気がつきません。**

電燈不亮。

■ **電球が一つ切れているようです。**

有一個電燈泡好像燒壞了。

■ **隣の部屋がうるさいのですが。**

隔壁房很吵。

**安心情報**

日本飯店多數房門為自動上鎖，所以當你離開房間時，先確認鑰匙是否在身上後再關門吧！不然，穿著睡衣逛大街就太糗了。

## 3-5 " 退房手續 "

會話實況
**LIVE** ▶

**❋ 在櫃台** ◎ MP3 **042**

A チェックアウトをお願<sub>ねが</sub>いします。

B かしこまりました。お部屋<sub>へや</sub>の鍵<sub>かぎ</sub>をいただけますか？

A はい。

B1 ありがとうございます。少々<sub>しょうしょう</sub>お待<sub>ま</sub>ちくださいませ。

B2 有料<sub>ゆうりょう</sub>サービスのご利用<sub>りよう</sub>はなさいましたか？

※「なさいました」（なさいます）是「します」的敬語：尊敬語

B3 お部屋<sub>へや</sub>のお飲<sub>の</sub>み物<sub>もの</sub>はご利用<sub>りよう</sub>になりましたか？

A2 【肯定】はい、食事<sub>しょくじ</sub>を注文<sub>ちゅうもん</sub>しました。

　　【否定】いいえ。

A3 はい、ジュースを飲<sub>の</sub>みました。

B お待<sub>ま</sub>たせいたしました。お会計<sub>かいけい</sub>の明細<sub>めいさい</sub>をご確認<sub>かくにん</sub>いただけますか？

A 全部<sub>ぜんぶ</sub>あっています。

**B** 合計２５０００円でございます。お支払いはどのようになさいますか？

**A** クレジットカードで。はい、カードです。

**B** こちらにサインをいただけますでしょうか？

**A** はい、ありがとうございます。

A：麻煩你我要辦退房手續。

B：好的。請給我您房間的鑰匙。

A：好。

B1：謝謝您。請稍等一下。

B2：您使用了付費服務了嗎？

B3：您喝了房間內的飲料了嗎？

A2：【肯定】是的，我點了餐點。

　　【否定】沒有。

A3：是的，我喝了果汁。

B：讓您久等了。麻煩您確認一下帳單的明細。

A：（帳目）全對。

B：一共兩萬五千日圓。您要用什麼方式付款呢？

A：刷卡。嗯，這是我的信用卡。

B：可以請您在這裡簽名嗎？

A：好，謝謝你。

　　　外 サービス【service】服務

　　　外 ジュース【juice】果汁

　　　外 クレジットカード【credit card】信用卡（可簡稱：カード）

　　　外 サイン【sign】簽名

■ もう一泊延ばしていいですか？

我可以再多住一晚嗎？

■ 一日早くチェックアウトしていいですか？

我可以提早一天退房嗎？

■ 預けていた貴重品を出してください。

請幫我拿一下之前我寄放的貴重物品。

■ 明細書を見せてもらえますか？

可以讓我看一下消費明細表嗎？

■ 請求書に間違いがあるようです。

帳單好像有錯。

■ これは何の料金ですか？

這筆是什麼費用？

■ 領収書をください。

請給我收據。

■ お世話になりました。

（出飯店前）謝謝款待。

日本有一種很特別的飯店，叫做「カプセルホテル」（和製英語：capsule ＋ hotel，膠囊旅館）。顧名思義，旅館內的大房間裡，有上下兩層如膠囊般大小的床位。

Capsule Hotel by Kojach http://www.flickr.com/photos/kojach/4060774770/

這樣的廉價旅館通常開在鬧區旁，讓趕不上最後一班電車的男性同胞有個棲身之處，所以一般給人「男性專用」的強烈印象。睡在這麼小的膠囊裡，哇，好好玩喔！

# 闖關練習題

## ✳ 日文解碼

　　　　　　　（日文假名）　　　　　　　　　（中文意思）

① 電球 _____　　_____

② 領収書 _____　　_____

③ 夕食 _____　　_____

④ 料金 _____　　_____

⑤ 何番 _____　　_____

## ✳ 關鍵助詞

① 暗号キー（　　）必要ですか？

② 部屋（　　）（　　）運んでもらえませんか？

③ どのくらい時間（　　）かかりますか？

④ ホテル（　　）両替できますか？

⑤ こちら（　　）ご記入いただけますか？

※ 一搭一唱

（請依左方的中文提示，填入適當的搭配詞語。）

① 領出貴重物品　　　　貴<sub>き</sub>重<sub>ちょう</sub>品<sub>ひん</sub>を _____

② 借吹風機　　　　　　ドライヤーを _____

③ 買特產　　　　　　　特<sub>とく</sub>産<sub>さん</sub>品<sub>ひん</sub>を _____

④ 弄丟了鑰匙　　　　　カギを _____

⑤ 有錯誤　　　　　　　間<sub>ま</sub>違<sub>ちが</sub>いが _____

※ 有話直說

① 想問住房有無附早餐時　_____

② 請對方幫忙寄信時　_____

③ 想取消訂房時　_____

④ 想要跟對方要收據時　_____

⑤ 想問飯店有哪些設施時　_____

# 遊走四方

# 闖關暖身操

## ※ 字彙預習

| | | |
|---|---|---|
| ① 切符<br>きっぷ | ⓪ 車票 | ② 忘れ物<br>わす もの | ⓪ 掉（的）東西 |
| ③ ハンカチ | ③⓪ 手帕 | ④ お釣り<br>つ | ⓪ 找的錢 |
| ⑤ 地図<br>ち ず | ① 地圖 | ⑥ 建物<br>たてもの | ②③ 建築物 |
| ⑦ 地下鉄<br>ち か てつ | ⓪ 地下鐵 | ⑧ トランク | ② 後車廂 |
| ⑨ 場所<br>ば しょ | ⓪ 地方 | ⑩ ホーム | ① 月台 |

## ※ 句型預習

① <u>動詞て形</u>＋しまいました。表達動作後遺憾或後悔的心情。
　　例 切符を間違えて買ってしまいました。我車票買錯了。
　　　きっぷ まちが　か

② <u>動詞て形</u>＋（も）いいですか？ 我可以～嗎？
　　例 道を聞いてもいいですか？ 我可以問個路嗎？
　　　みち き

③ <u>動詞原形</u>＋には～。要～的話，～。
　　例 立川駅に行くには、どうすればいいですか？
　　　たちかわえき い

　　　要到立川車站的話，該怎麼去呢？

④ ～という～。叫做～的～。
　　例 日本一という店に行きたいんですが。
　　　にっぽんいち みせ い

　　　我想去一家叫做「日本第一」的店。

## 4-1 上下電車

關卡 ④

**※ 在站務員窗口** ◎ MP3 **044**

■ すみません、切符を間違えて<u>買ってしまいました</u>。

替 買っちゃいました（口語說法）

不好意思，我買錯票了。

■ 切符の精算をお願いします。

我要補票。

■ ここから三鷹駅へはどう行きますか？

該怎麼從這邊到三鷹車站去呢？

■ 立川駅に行くには、どうすればいいですか？

要到立川車站的話，該怎麼去好呢？

■ 神保町に行きたいんですが、何線に乗ればいいですか？

我想去神保町，應該搭什麼線好呢？

■ 電車の中に忘れ物をしました。

我有東西忘在電車裡。

■ <u>帽子</u>が線路に落ちてしまったんですが。

替 切符（車票）／かつら（假髮）

我的帽子掉到鐵軌上了。

在電車裡撿到了別人掉的錢包，擋不住台灣人的熱血，馬上送到站務員的窗口。

---

**A** すみません、これ、車内に落ちていたんですが。

🔄 トイレ（原爲：トイレット）【toilet】廁所

**B** 何時ぐらいの電車ですか？

**A** ４時にここの駅に着いた電車です。

**B** 何両目ですか？

**A** 真ん中あたりです。

**B** どこ行きの電車ですか？

**A** 東京行きです。

---

A：（直譯：不好意思，這個東西剛剛掉在電車裡。）

　　不好意思，我剛剛在電車裡撿到這個。

B：幾點左右的電車呢？

A：是４點到站的電車。

B：在第幾節車廂呢？

A：在中間附近的。

B：是開往哪裡的電車呢？

A：是開往東京的。

## ※ 在月台上 ◎ MP3 **046**

**A** すみません、水道橋は快速は止まりますか？

**B** いえ、快速は止まりません。各駅停車だけですよ。

**A** そうですか。どうも。

A：不好意思，水道橋快車會停嗎？

B：不，快車不會停。只有各站停車才會停喔！

A：這樣喔。謝謝。

關卡
④

## 😊 安心情報

在車站一下子看到「特急」的電車，一下子又是「快速」的電車，
真是讓人眼花撩亂！在日本電車車種的命名 JR（原「國營鐵路」，
自 1987 年起改成「民營化」）與其他鐵路公司各有不同，並沒有
一定的標準。以某家鐵路公司為例，依速度分成「特急、準特急、
急行、通勤快速、快速、各駅停車」等種類，而有些電車公司則會
分得更細。

此外，不論是 JR 或其他鐵路公司都有推出像一日票的フリーパス
【free pass】（免費搭乘或入園的通行證）。大家可以先查好路線，
再購買這種划算的車票，讓你一票在手、暢行無阻。哇，好好玩喔！

■ **この電車は後楽園に行きますか？**
でんしゃ　こうらくえん　い

這班電車開往後樂園嗎？

■ **この電車は下北沢駅に止まりますか？**
でんしゃ　しもきたざわえき　と

這班電車會停下北澤車站嗎？

■ **高尾に行く電車のホームはどこですか？**
たか　お　い　でんしゃ

往高尾的電車月台在哪裡？

外 ホーム（原爲：プラットホーム）【platform】月台

■ **四番線へはどうやって行きますか？**
よんばんせん　い

該怎麼過去四號月台呢？

■ **この通路は三番線に行きますか？**
つうろ　さんばんせん　い

這條通道通往三號月台嗎？

■ **六本木駅から表参道駅までは、近いですか？**
ろっぽんぎえき　おもてさんどうえき　ちか

六本木車站和表參道車站離得近嗎？

■ **明治神宮に行きたいんですが、何番出口が一番近いですか？**
めいじじんぐう　い　なんばんでぐち　いちばんちか

我想去明治神宮，哪一號出口是最近的呢？

■ **東京スカイツリーに行くには、この出口でいいのですか？**
とうきょう　い　でぐち

要去東京晴空塔的話，走這個出口對嗎？

※「スカイツリー」：「Sky Tree」

■ **どうやったら、向こう側のホームに行けますか？**
む　がわ　い

替 し　替 反対
はんたい

怎樣才能到得了對面的月台呢？

## ■ 東京大学へ行くには、どこで電車に乗り換えたらいいんでしょうか？

去東京大學要在哪裡換電車呢？

## ■ 横浜駅まで、駅はいくつあるんですか？

到橫濱車站要坐幾站呢？

## ■ 次の駅はどこですか？

下一站是哪裡？

## ■ 自由が丘駅まで、どのくらいかかりますか？

到自由之丘站要多久呢？

 安心情報

一上了電車後，大家都靜靜地開始各忙各的事，例如：看小說、打電動、玩手機、夢周公、聽音樂、發發呆、背課文、想心事等。雖然沒有明文規定車內禁止飲食，但是大家都會盡量避免在車上吃東西，或者是講手機，深怕給其他的乘客帶來麻煩。

當電車到站的時候，等車內的人都下車之後，排隊排在車門外左右兩旁的乘客才會依序地上電車。每當看到等在左右兩旁的乘客，就有種如國王般被夾道歡迎的感覺，心情就不知不覺地好了起來。哇，好好玩喔！

在電車的自動購票機或閘口旁看到老人家時，擋不住台灣人的熱血，向對方說聲：

■ お<ruby>先<rt>さき</rt></ruby>に、どうぞ。您先請。

當自己的行李太多擋在閘口而被別人禮讓的時候：

■ <ruby>私<rt>わたし</rt></ruby>は<ruby>大丈夫<rt>だいじょうぶ</rt></ruby>です。どうぞ<ruby>行<rt>い</rt></ruby>ってください。我沒有關係。請您先走。

在電車裡常看到銀髮族、抱著小孩的年輕爸爸或媽媽、拿著大件行李的遊客，擋不住台灣人的熱血，馬上向前讓位。

**A** どうぞ、<ruby>座<rt>すわ</rt></ruby>ってください。

▲替 <ruby>良<rt>よ</rt></ruby>かったら（不介意的話）

聽說台灣讓座的人比日本踴躍得多喔！

**B1** ご<ruby>親切<rt>しんせつ</rt></ruby>（に）ありがとうございます。

**B2** <ruby>私<rt>わたし</rt></ruby>、もうすぐ<ruby>降<rt>お</rt></ruby>りるので、<ruby>結構<rt>けっこう</rt></ruby>です。ありがとうございます。

▲替 <ruby>大丈夫<rt>だいじょうぶ</rt></ruby>

A：您請坐。

B1：謝謝您的好意。

B2：我就要下車了，不用了。謝謝你。

## 4-2 " 搭新幹線 "

會話實況
**LIVE** ▶

❈ **在售票窗口** ◎ MP3 **049**

A すみません、新大阪（しんおおさか）まで新幹線（しんかんせん）で行（い）きたいですが。

B 指定席（してい）せきですか？

A 【肯定】はい。【否定】い（い）え、自由席（じゆうせき）です。

B ご出発（しゅっぱつ）はいつですか？

A 10日（か）の朝（あさ）8時（じ）ぐらいです。

B 8時前（じまえ）ですと、7時50分発（じ ぷんはつ）のでしたら、お取（と）りできます。

いかがされますか？
※「されます」是「します」的敬語：尊敬語

A じゃ、お願（ねが）いします。

B 東京（とうきょう）から、お一人様（ひとりさま）でよろしいですか？

A はい。

B 禁煙席（きんえんせき）でよろしいですか？

A 【肯定】はい。【否定】い（い）え、喫煙席（きつえんせき）をお願（ねが）いします。

**A** 窓際の席をお願いします。
まどぎわ　せき　ねが

**替** 窓側／通路側（靠走道）
まどがわ　つうろがわ

**B** かしこまりました。

A：不好意思，我想要搭新幹線到新大阪去。

B：要幫您劃位嗎？

A：【肯定】好的。【否定】不用，我不需要劃位。

B：您什麼時候走呢？

A：10 號早上八點左右。

B：八點前（走）的話，如果是 7 點 50 分發的那班車，我能幫您訂到票。
　　您覺得如何？

A：那麼就麻煩你了。

B：（直譯：從東京您一個人好嗎？）幫您安排從東京出發的一張車票好嗎？

A：好。

B：（座位在）禁菸車廂好嗎？

A：【肯定】好。【否定】不，我要吸菸車廂。

A：我想要靠窗的位子。

B：好的。

安心情報

搭乘新幹線時需要「乘車券」和「特急券」，把這兩張疊在一起放
じょうしゃけん　とっきゅうけん
進剪票的閘口就行了。而兩張印成一張的情況也有。搭車時要注意
喔！因為新幹線的車體比一般的電車來得長，相對地走過去也要花
上一段時間，所以提早抵達月台確認車廂會比較保險喔！

※ **你可以這麼說** ◎ MP3 **050**

■ フジテレビ前行きのバスは、何番の乗り場ですか？

替 放入站名

往富士電視台前的公車，要到幾號乘車處搭呢？

外 フジテレビ（原爲：フジテレビジョン）【Fuji Television Network】
　富士電士台

外 バス【bus】公車；巴士

■ 築地市場駅までバスはありますか？

有公車到築地市場車站嗎？

■ 飯田橋に行くバスはどこから乗るんですか？

到飯田橋的公車要在哪裡搭呢？

■ ＪＲ吉祥寺駅へはどのバスに乗ればいいですか？

到 JR 的吉祥寺車站要搭哪一班公車好呢？

■ このバスは根津神社を通りますか？

這班公車會經過根津神社嗎？

■ 上野公園まで停留所はいくつですか？

到上野公園要坐幾站？

■ 早稲田大学へ行きたいんですが、どこで降りればいいですか？

替 あといくつですか（還有幾站呢）

我想去早稻田大學，要在哪裡下車好呢？

當看到有人不小心掉了東西，擋不住台灣人的熱血，主動拍拍對方的肩膀說：

---

**A** 傘、忘れていますよ。
かさ わす

▲ **替** ハンカチ落ちましたよ（你的手帕掉了喔）
お

**B** ありがとうございます。

A：你忘了傘了喔！

B：謝謝。

**外** ハンカチ（原為：ハンカチーフ）【handkerchief】手帕

---

### 安心情報

日本的公車如果全程固定車資，通常由前門上車、投現。如果以距離計費的話，一般由後門上車、領取「整理券」。下車前確認一下「整理券」上的號碼，再對照車內前方螢幕上的價目表投現即可。
せいりけん
有些地區也有免費接駁的觀光巴士，只要查好免費公車的路線，就能正大光明地搭「霸王車」喔！

此外，即便上了公車、投了錢，若反悔不想坐公車了，向司機說句：
「バスを降りたいのですが」，親切的司機還是會把錢退給我們，
お
哇！好好玩喔！

## 4-4 搭計程車

會話實況
LIVE ▶

**上車後** ◎ MP3 **052**

關卡
④

A お客様、どこまで行かれますか？

※「行かれます」是「行きます」的敬語：尊敬語

B ここまでお願いします。

A はい、分かりました。

～到達目的地之後～

A ２５００円です。

B ３０００円（から）でお願いします。

A ５００円のお釣りですね。

B ありがとうございます。

---

A：您要到哪兒去呢？

B：（拿出地圖）請載我到這裡。

A：好的，我知道了。

### 〜到達目的地之後〜

A：（確認跳錶後）2500 日圓。

B：3000 日圓給你找。

A：這是找您的 500 日圓。

B：謝謝你。

---

■ 荷物がたくさんあるんですが、いいですか？
（に もつ）

　　我有很多行李，你願意載嗎？

■ この荷物は、後部座席に置いてもいいですか？
（に もつ）　（こう ぶ ざ せき）（お）

　　這件行李可以放後座嗎？

■ このスーツケースは、トランクに入れてもいいですか？
（い）

　　這個行李箱可以放後車廂嗎？

　　外 トランク【trunk】後車廂

---

（☺） **安心情報**

我們來學幾個會出現在計程車前面，表示車內狀態的單字吧！

「空車」＝車內無乘客

「迎車」＝前往接乘客中

「賃走」或「実車」＝已經有乘客

「支払」＝乘客付錢中

「割増」＝車資要加成

「回送」＝不載乘客了

雖然都是漢字，但是真叫人費疑猜啊！

■ この住所までお願いします。

（拿出紙條）麻煩你我要到這個地方去。

■ 急いでもらえますか？

可以請你開快一點嗎？

■ ここで降ります。

　　替 止めてください（請停車）

　　替 降ろして（請讓我下車）

我要在這邊下車。

■ 少し待ってもらっていいですか？すぐ戻ります。

稍等我一下好嗎？我去去就回。

■ 行き先変えてもいいですか？

我可以改去別的地方嗎？

■ 領収書（を）ください。

請給我收據。

 安心情報

我們在台灣搭計程車時都很習慣自己去開車門，但在日本車門是自動開啓的，大家這時要特別留意，可別被車門給撞飛了！此外，我們習慣叫計程車司機為「運匠（運ちゃん）大哥」，而在日本「運ちゃん＝運転手的簡稱」這種叫法會給對方輕蔑的感覺，所以不要使用比較好喔！

## 4-5 "找人問路"

🎵♪ 會話實況
**LIVE** ▶

※ **在派出所**  ◎ MP3 **054**

A どうかしましたか？

B1 すみません、<u>銀行</u>の場所を教えてください。

　　▲替 駅（車站）／郵便局（郵局）

B2 すみません、「日本一」という店に行きたいんですが。

　　　▲替 也可唸成「日本一」

A 「日本一」？住所は分かりますか？

B はい。これです。

A この道に沿ってまっすぐ行ってください。

B 分かりました。ありがとうございます。

86

A：有什麼事嗎？

B1：不好意思，請告訴我銀行該怎麼走。

B2：不好意思，我想去／在找一家叫做「日本第一」的店。

A：「日本第一」？你知道地址嗎？

B：嗯。（亮出旅遊導覽上的地址）在這裡。

A：你就沿著這條路一直走。

B：我知道了。謝謝你。

## ❋ 在路上問方位　◎ MP3 055

### ■ 道を聞いてもいいですか？
<ruby>道<rt>みち</rt></ruby>を<ruby>聞<rt>き</rt></ruby>いてもいいですか？

我可以問個路嗎？

### ■ この地図でいうとどこですか？
この<ruby>地図<rt>ちず</rt></ruby>でいうとどこですか？

（指著地圖）現在我在地圖的哪個地方？

### ■ ここは、この地図でどこになりますか？
ここは、この<ruby>地図<rt>ちず</rt></ruby>でどこ**になります**か？

替 です

這裡是在地圖上的哪個地方呢？

### ■ ちょっと簡単な地図を描いてもらえませんか？
ちょっと<ruby>簡単<rt>かんたん</rt></ruby>な<ruby>地図<rt>ちず</rt></ruby>を<ruby>描<rt>か</rt></ruby>いてもらえませんか？

替 <ruby>絵<rt>え</rt></ruby>（圖）

可以幫我畫張簡單的地圖嗎？

### ■ そこの近くに、目印になる建物などはありませんか？
そこの<ruby>近<rt>ちか</rt></ruby>くに、<ruby>目印<rt>めじるし</rt></ruby>になる<ruby>建物<rt>たてもの</rt></ruby>などはありませんか？

那邊附近有沒有什麼明顯的地標之類的？

### ■ ここは何通りですか？
ここは<ruby>何通<rt>なにどお</rt></ruby>りですか？

這條叫什麼街？

■ <ruby>一番近<rt>いちばんちか</rt></ruby>いトイレはどこですか？

（直譯：最近的廁所在哪裡？）

這附近有廁所嗎？

■ ちょっとお<ruby>尋<rt>たず</rt></ruby>ねしますが、「<ruby>日本一<rt>にっぽんいち</rt></ruby>」という<ruby>店<rt>みせ</rt></ruby>はご<ruby>存知<rt>ぞんじ</rt></ruby>（ない）ですか？

想請教一下，「日本第一」這家店您知道嗎？

※ 這句用了否定的「ない」語氣會更委婉，省略也沒關係。

■ この<ruby>近<rt>ちか</rt></ruby>くに<ruby>傘<rt>かさ</rt></ruby>を<u><ruby>置<rt>お</rt></ruby>いて</u>（い）そうな<ruby>店<rt>みせ</rt></ruby>はないですか？

　　　　　　　🔁 <ruby>売<rt>う</rt></ruby>って

這附近有可能會賣雨傘的店嗎？

※ 這句用了否定的「ない」語氣會更委婉，換成肯定的「ありますか」也沒關係。

■ もうちょっと<ruby>歩<rt>ある</rt></ruby>いたら、<ruby>学校<rt>がっこう</rt></ruby>が<ruby>見<rt>み</rt></ruby>えてくるんですか？

再走一下下，就能看見學校嗎？

■ ここからすぐですか？

從這裡過去馬上就到嗎？

■ ここまでは、どう<ruby>行<rt>い</rt></ruby>けば<ruby>一番速<rt>いちばんはや</rt></ruby>いのですか？

到這邊要怎麼去是最快的？

■ ここから<ruby>一番近<rt>いちばんちか</rt></ruby>い<ruby>地下鉄<rt>ちかてつ</rt></ruby>の<ruby>駅<rt>えき</rt></ruby>はどこですか？

離這邊最近的地鐵車站在哪裡？

■ この<ruby>近<rt>ちか</rt></ruby>くに<ruby>地下鉄<rt>ちかてつ</rt></ruby>の<ruby>駅<rt>えき</rt></ruby>はありますか？

這附近有地下鐵的車站嗎？

■ この階は地下鉄の通路口につながっていますか？

這層樓可以通到地下鐵的車站嗎？

■ この隣の階段を降りたら、地下鉄に乗れますか？

下了這旁邊的樓梯之後，可以搭到地下鐵嗎？

■ ご親切（に）ありがとうございました。

謝謝您的熱心幫忙。

安心情報

向大家推薦一個問路的好地方，就是日本的「交番」（派出所）。在日本警察是人民的保母之外，也是指引方向的燈塔！因為指引方向也是警察伯伯的職務範圍，所以歡迎大家隨時去「交番」找麻煩。另外，有些人問完路後一溜煙就跑掉了，獨自留在現場的路人常為這種「瞬間移動」的魔術感到錯愕。所以來自「禮儀之邦」的我們，問完路後記得別忘了要跟親切的路人說聲「謝謝」喔！

■ **ごめんなさい。私<sub>わたし</sub>もこの辺<sub>へん</sub>には詳<sub>くわ</sub>しくないんです。**

不好意思，我也對這一帶很不熟。

■ **私<sub>わたし</sub>も初<sub>はじ</sub>めて来<sub>き</sub>たので分<sub>わ</sub>かりません。**

我也是頭一次來這邊，所以不清楚。

❤ **日行一善！** **英雄救美篇** ◎ MP3 **058**

看到路邊有人就要被後方的來車撞到時，擋不住台灣人的熱血，
一個箭步向前大喊：

> ■ **危<sub>あぶ</sub>ない！** 小心！

看到坐在旁邊的人噴嚏不斷、鼻水連連。擋不住台灣人的熱血，
馬上遞出身上的面紙說：

---

**A1** **ティッシュ、使<sub>つか</sub>いますか？**

**A2** **良<sub>よ</sub>かったら、ティッシュ使<sub>つか</sub>ってください。**

**B** **【肯定】すみません／ありがとうございます。**

　　　**【否定】結<sub>けっ</sub>構<sub>こう</sub>です／大<sub>だい</sub>丈<sub>じょう</sub>夫<sub>ぶ</sub>です／いいです。**

- - - - - - - - - - - - - - - - - - - - - - - - - - - - - -

A1：（直譯：面紙要用嗎？）你要面紙嗎？

A2：不介意的話，請拿去用。

B：【肯定】不好意思 / 謝謝。

　　【否定】不用了 / 沒關係。

---

# 闖關練習題

## ❋ 日文解碼

　　　　　　　（日文假名）　　　　　（中文意思）

① 停留所 _____　_____

② 通路 _____　_____

③ 目印 _____　_____

④ 交番 _____　_____

⑤ 階段 _____　_____

## ❋ 關鍵助詞

① 通路口（　　）つながる。

② 地下鉄（　　）乗れる。

③ お一人様（　　）よろしいですか？

④ どこ（　　）降りればいいですか？

⑤ この道（　　）沿ってまっすぐ行ってください。

（請依左方的中文提示，填入適當的搭配詞語。）

① 改目的地　　　　行<sub>ゆ</sub>き先<sub>さき</sub>を _____

② 畫地圖　　　　　地図<sub>ちず</sub>を _____

③ 放進後車廂　　　トランクに _____

④ 轉電車　　　　　電車<sub>でんしゃ</sub>に _____

⑤ 經過神社　　　　神社<sub>じんじゃ</sub>を _____

① 不知道怎麼到對面月台時　　_____

② 想告訴對方忘了傘時　　　　_____

③ 想要向站務員補票時　　　　_____

④ 請老人家先買票時　　　　　_____

⑤ 想問人電車下一站停哪裡時　_____

# 血拼購物

## 闖關暖身操

### ✿ 字彙預習

| | | | |
|---|---|---|---|
| ① マニュアル | ⓪ ① 說明書 | ② メーカー | ① 品牌；廠商 |
| ③ 電子辞書 (でんしじしょ) | ④ 電子辭典 | ④ 写真 (しゃしん) | ⓪ 照片 |
| ⑤ デジカメ | ⓪ 數位相機 | ⑥ 試着 (しちゃく) | ⓪ 試穿 |
| ⑦ はさみ | ③ 剪刀 | ⑧ 贈り物 (おくりもの) | ⓪ 禮物 |
| ⑨ サイズ | ① 尺寸 | ⑩ デザイン | ② 款式；設計 |

### ✿ 句型預習

① <u>動詞原形</u>＋だけです。只是～而已。

　　例 ちょっと見(み)ているだけです。我只是隨便看看而已。

② <u>動詞て形</u>＋みます。～看看。

　　例 もう少(すこ)し考(かんが)えてみます。我再考慮看看。

③ ～は～にあります。～在～。

　　例 電子辞書(でんしじしょ)は何階(なんがい)にありますか？ 電子辭典在幾樓呢？

④ ～にします。決定要～。

　　例 これにします。 我決定要這個。

## 會話實況 LIVE ▶

### ※ 搭乘電梯　◎ MP3 **059**

**A** 何階ですか？
なんがい

**B** 三階（を／まで）お願いします。
さんがい　　　　　　　　　ねが

**A** はい、分かりました。
わ

> 若要麻煩電梯小姐，先說聲「すみません」，再說要去的樓層。

A：（進了電梯後詢問別人）您要去幾樓？

B：我要到三樓。

A：好的，我知道了。

關卡
⑤

### ※ 你還可以這麼說　◎ MP3 **060**

■ 4階で大丈夫ですか？
かい　だいじょうぶ

（自己按了 4 樓，而對方卻沒按樓層時）到 4 樓好嗎？

■ すみません、（ここで）降ります。
お

不好意思，我要（在這兒）下。

■ ちょっと通してください。
とお

請讓一讓。

　　在百貨公司等電梯時，總會看到旁邊的人玩手機打發時間，也有人會放空、發呆。電梯一來，擋不住台灣人的熱血，主動提醒在旁等電梯等到出神的路人說：

---

**A** エレベーター来（き）ましたよ。

**B** ありがとうございます。

---

A：電梯來了喔！
B：謝謝你。

出電梯的時候，有人會向按住電梯的人說：「すみません」（不好意思）；也有人會說：「ありがとうございます」（謝謝）；甚至同時說：「すみません、ありがとうございます。」的人也有喔！

此外，在台灣我們搭乘手扶梯的時候，一般都是右邊站立、左邊通行。不過位於關東的東京則相反，是右邊通行、左邊站立。但是到了位於關西的大阪又正好相反，恢復成和台灣一樣的搭乘方式。在日本搭手扶梯，有時候突然反應不過來，到底是站左邊還是站右邊，一下左踩一步，一下右踩一步，竟然跳起了「熱情的恰恰」。這無意間展露出的舞技嚇壞了不少日本路人——不好意思，本人獻醜了。

■ ショーケースの中の財布を見せてもらえますか？

可以讓我看一下展示櫃內的錢包嗎？

外 ショーケース【showcase】展示櫃

■ 手に取って見ていいですか？

我可以拿在手上看一下嗎？

■ 何色ありますか？

有出幾種顏色呢？

■ これはいくらですか？

這個多少錢？

■ これは税込み価格ですか？

▲
替 税込みの値段

這是含稅的價格嗎？

■ 一番安いのはどれですか？

最便宜的是哪一個？

■ この商品、聞いてもいいですか？

（直譯：這個商品我可以問你嗎？）我可以問你一下有關這件商品的問題嗎？

■ これは男性用ですか？

▲
替 女性用（女用）

這是男用的嗎？

■ ちょっと見ているだけです。

我只是隨便逛逛而已。

■ もう少し考えてみます。

我再考慮看看。

※ 也有婉轉表達不想買的意思

■ もう少し見てみます。

我再逛一下。

■ この近くに他の店舗はありますか？

這附近有其他門市嗎？

■ この近くでは、どの店舗が一番大きいですか？

這附近哪個門市是最大的？

■ これは商品ですか？

（直譯：這是商品嗎？）這個有在賣嗎？

■ この素材は何ですか？

這是什麼材質？

■ これはどうやって使うんですか？

這個要怎麼用？

■ 中を開けて見てもいいですか？

我可以打開裡面看看嗎？

■ すみません、これだけ欲しいですが、バラ売りできますか？

（想買成套商品中的某件單品時）

不好意思，我只想要這個，能單賣（給我）嗎？

■ これはバラ売りですか？

這個有單賣嗎？

◎ MP3 **063**

■ **きれいなものはありますか？**

有乾淨 / 新一點的嗎？

あたら
■ **新しいのをもらえますか？**

可以給我沒拆封過的嗎？

ほ
■ **ベージュのが欲しいです。**

🔺
替 シルバー【silver】銀色／ブルー【blue】藍色

我想要米色的。

外 ベージュ【法 beige】米色

おな　　　　　ふた
■ **同じものを二つください。**

（直譯：一樣的東西給我兩個。）這個我要買兩個。

き
■ **これに決めました。**

🔺
替 にします／をください／をいただきます

我要買這個。

* **專輯唱片** ◎ MP3 **064**

さいしん
■ **このバンドの最新アルバムはどれですか？**

（拿著某樂團的 CD）這個樂團的最新專輯是哪一張？

外 バンド【band】樂團

外 アルバム【album】專輯；相簿

はい
■ **「ヘビーローテション」が入っているアルバムはどこですか？**

有收錄 "Heavy Rotation" 這首歌的專輯在哪裡？

■ この C D はどこに<u>ありますか</u>？

**替** <u>置いています</u>か

**替** あります

（把紙條給店員看）這張 CD 放在哪兒？

※「動詞＋ている」表「動作的持續」；
　「動詞＋してある」表「已做好的動作」。

> 直譯：「有擺放嗎？」，
> 表示：「有賣嗎？」

■ 今、流れている曲は誰の曲ですか？

（店裡）現在播放的歌是誰唱的？

■ 今一番のヒット曲は何ですか？

現在最紅的是哪首歌？

**外** ヒット【hit】當紅；暢銷

■ 何か特典はありますか？

**替** クーポン【法 coupon】折價券

有附什麼贈品嗎？

■ 去年、嵐が出したアルバムはどれですか？

去年嵐出的專輯是哪一張？

### 安心情報

大家可在歌手的官方網站留意新專輯的發行日，然後再去唱片行索取預購單，填完資料後交給櫃台。下次只要再把櫃台給我們的存根聯（效期約兩週）帶去，就能優先購買新專輯了！

會話實況
**LIVE** ▶

※ **在電器行**  ◎ MP3 **065**

A こだわりのメーカーはありますか？

B はい、ソニーのを探<sup>さが</sup>しています。

A お探<sup>さが</sup>しのものは見<sup>み</sup>つかりましたか？

B 【肯定】はい、見<sup>み</sup>つかりました。

【否定】いえ、まだです。

A：有特別要找的牌子嗎？

B：嗯，我在看 SONY 出的東西。

A：您找到要買的東西了嗎？

B：【肯定】嗯，我找到了。

　　【否定】不，還沒找到。

　　外 メーカー【maker】廠牌

※ **你還可以這麼說**  ◎ MP3 **066**

■ こちらの店員<sup>てんいん</sup>さんですか？

　您是這邊的店員嗎？

■ これを見<sup>み</sup>せてもらえませんか？

　可以讓我看一下這個嗎？

■ こちらの商品のカタログ<u>は</u>ありますか？

替って（口語說法）

這裡的商品有出型錄嗎？

外 カタログ【catalog】型錄

■ 友達の分も欲しいので、もう一ついただいてもいいですか？

我也想幫我朋友拿，可以請您再給我一份嗎？

※「いただいて」是「もらって」的敬語：謙讓語

■ デジカメはどこで買えますか？

在哪裡可以買得到數位相機？

外 デジカメ（原為：デジタルカメラ）【digital camera】數位相機

■ この階に電子辞書はありますか？

這層樓有電子辭典嗎？ •⋯⋯⋯⋯⋯⋯⋯

一般常說的是「電子辞書」，
而非「電子辞典」喔！

■ 電子辞書は何階にありますか？

電子辭典在幾樓？

■ この商品の<u>型番</u>はどこに書いてありますか？

替 品番

這件商品的型號標在哪裡呢？

■ これと同じものはありますか？

有和這個一樣的東西嗎？

■ こういうものを探しているんですが。

（直譯：我在找這種東西。）這裡有這種東西嗎？

■ どれが一番人気がありますか？

替 一番人気なのはどれですか

替 よく売れている（最暢銷）

哪一款最受歡迎？

■ 繁体字のマニュアルが付いていますか？

有附繁體中文的使用說明書嗎？

外 マニュアル【manual】使用說明書

■ 保障期間はどれくらいですか？

保固多久呢？

■ 台湾でも修理できますか？

在台灣也能夠維修嗎？

■ 中国語の表示にできますか？

可以設定為中文介面嗎？

■ どのメーカーがお薦めですか？

您比較推薦哪個廠牌？

■ この写真の商品はありませんか？

有這張照片上的商品嗎？

■ ホームページに載っていたのはどれですか？

放在網頁上的是哪一個？

外 ホームページ【homepage】網頁

■ **CMで流れていたのはどれですか？**

電視廣告上之前在播的是哪一個？

■ **これとこれの機能は、何が違いますか？**

（直譯：這個和這個的功能哪裡不同？）

在功能上這兩個有什麼差別？

■ **これと前出たものはどのような違いがありますか？**

這跟之前出的 / 上一代差在哪裡？

■ **ほかの店を見てみます。**

（這裡沒賣的話）我到別家去看看。

---

:) **安心情報**

在日本買東西幾乎不像在台灣能夠講價，但是在電器量販店購物時，卻能有議價「値段交渉」的空間。店裡聽得到店員大力敲著計算機的聲音，也能聞得到與客人互相較勁的火藥味。這時請拿出台灣人殺價時的魄力，讓對方瞧瞧我們的厲害吧！

## 5-2 選購服飾

**※ 詢問店員** ◎ MP3 **067**

■ **新商品はどれですか？**

哪一件是新款？

■ **洗濯はドライですか？**

需要送乾洗嗎？

外 ドライ【dry】乾洗

■ **洗濯機で洗濯してもいいですか？**

可以用洗衣機洗嗎？

■ **これは水洗いできますか？**

這個可以水洗嗎？

■ **洗濯すると縮みますか？**

替 したら

洗了會縮水嗎？

■ **このシャツのMは別の店舗にもありますか？**

這件襯衫在別家店也有 M 號的嗎？

外 シャツ【shirt】襯衫

關卡 ⑤

■ **これ、別の<u>サイズ</u>はありますか？**

> 【べつ】

> 替 ブランド【brand】品牌／デザイン【design】款式

這個有別的尺寸嗎？

■ **これ、<u>色違い</u>はありますか？**

> 【いろちが】

> ▲ 替 柄違い（不同花樣）●

> 【がらちが】

這個有不同顏色的嗎？

我們來變變「花樣」吧！

| 條紋：ストライプ | 【stripe】 | 縞 |
| 格紋：チェック | 【check】 | 格子 |
| 點點：ドット | 【dot】 | 水玉 |
| 素面：ソリッド | 【solid】 | 無地 |

---

❋ **試穿** ◎ MP3 **068**

■ **試着してもいいですか？**

> 【しちゃく】

> 替 これは試着できますか

> 【しちゃく】

（衣褲）我可以試穿看看嗎？

■ **これ、<u>履いて</u>みてもいいですか？**

> 【は】

> ▲ 替 試して

> 【ため】

（鞋子）這個我可以試穿看看嗎？

■ **これも<u>履いて</u>みてもいいですか？**

> 【は】

這隻腳也可以穿穿看嗎？

■ **鏡はありませんか？**

> 【かがみ】

有沒有鏡子？

■ **試着室はどこですか？**

> 【しちゃくしつ】

試衣間在哪裡？

■ **ウエスト ( サイズ ) を合わせてもらえますか？**
あ

▲替 測って
はか

可以幫我量一下腰圍嗎？

外 ウエスト ( サイズ )【和 waist + size】腰圍

■ **どんなサイズがありますか？**

有哪些尺寸呢？

外 サイズ【size】尺寸

■ **このサイズしか残っていませんか？**
のこ

只剩這個尺寸嗎？

■ **一番大きいのは何サイズですか？**
いちばんおお　　　　　　　なに

▲替 何センチ【centi】（幾公分）
なん

最大的是什麼尺寸？

■ **もう少し大きいのはありませんか？**
すこ　　おお

▲替 小さい（小）
ちい

有再大一點的嗎？

■ **一つ大きいサイズのをください。**
ひと　おお

▲替 小さい（小）
ちい

請給我再大一號的尺寸。

■ **Mサイズのをください。**
エム

請給我 M 號的。

會話實況 **LIVE** ▶

※ **試穿後**　◎ MP3 **070**

A どうでしたか？

　替 いかがですか

B1 気に入りました。

　　　　　　　　　　　　　這邊「入」的假名是
　　　　　　　　　　　　　「い」而不是「はい」。

B2 ちょうどいいです。

B3 肩がきついですね。

B4 丈が余りますね。

B5 袖がちょっと長いかな。

B6 ちょっと小さいです。

　替 大きい（大）／短い（短）／長い（長）

A：（店員問）您覺得如何呢？

B1：我很喜歡。

B2：大小剛好。

B3：肩膀有點緊緊的。

B4：褲管太長了。

B5：袖子感覺好像有點長。

B6：有點小。

■ もう少し<ruby>長<rt>なが</rt></ruby>くしてください。請幫我改長一點。

　　替 <ruby>短<rt>みじか</rt></ruby>く（短）

■ <ruby>丈<rt>たけ</rt></ruby>を<ruby>直<rt>なお</rt></ruby>してもらえますか？ 可以幫我改一下褲管嗎？

　　替 <ruby>裾<rt>すそ</rt></ruby>（衣服下襬／衣服長度）

■ <ruby>袖<rt>そで</rt></ruby>を<ruby>直<rt>なお</rt></ruby>してもらうと、いくらかかりますか？

　 如果要改袖子的話要多少錢？

■ すぐにできますか？ 馬上就可以改好嗎？

■ <ruby>後<rt>あと</rt></ruby>で<ruby>取<rt>と</rt></ruby>りに<ruby>来<rt>き</rt></ruby>ます。我等一下再過來拿。

☺ 安心情報

日本人說英文別有一番風味，你也可以唸唸看，特別是常用的尺寸「L」、「M」、「S」，我們多練習幾次吧！

A：エイ　B：ビー　C：シー　D：ディー　E：イー

F：エフ　G：ジー　H：エイチ（一般）・エッチ（黃色）

I：アイ　J：ジェイ　K：ケイ　L：エル　M：エム

N：エヌ　O：オー　P：ピー　Q：キュー　R：アール

S：エス　T：ティー　U：ユー　V：ブイ　W：ダブリュー

X：エックス　Y：ワイ　Z：ズィー・ゼット

順帶一提，中文裡「A」有時給人帶有色情意味的負面印象，而日文則會用「H」（エッチ）這個字母，這是源自於日文「<ruby>変態<rt>へんたい</rt></ruby>」的羅馬拼音「hentai」的開頭字母「h」。

關卡 ⑤

## ❋ 結帳 　◎ MP3 **072**

■ **レジはどこですか？** 在哪裡結帳？

　　外 レジ（原爲：レジスター）【register】收銀台

■ **会計<sub>かいけい</sub>をお願<sub>ねが</sub>いします。**

　　請幫我結帳。

■ **この二<sub>ふた</sub>つは別々<sub>べつべつ</sub>に会計<sub>かいけい</sub>してください。**

　　▲
　　替 包装<sub>ほうそう</sub>（包裝）

　　這兩個請幫我分開算。

■ **カードでお願<sub>ねが</sub>いします。**

　　我用信用卡結帳。

■ **トラベラーズチェックは使<sub>つか</sub>えますか？**

　　▲
　　替 割引券<sub>わりびきけん</sub>（折價券）／クレジットカード（信用卡）／このカード（這張卡）

　　可以使用旅行支票嗎？

　　外 トラベラーズチェック【traveler's check】旅行支票

■ **お釣<sub>つ</sub>りが間違<sub>まちが</sub>っているようですが。**

　　▲
　　替 金額<sub>きんがく</sub>

　　你好像找錯錢了。

■ **細<sub>こま</sub>かいお金<sub>かね</sub>があります。**

　　我有零錢。

❋ **藥妝店常問** ◎ MP3 **073**

**A1** お客様、ポイントカード（は）お持ちですか？

　　　　　　　　　　　　　　**替** よろしい

**A2** ポイントカードをお作りしますか？

　　　　　　　　　　　　**替** いたします

**B2**【肯定】はい、お願いします。

　　【否定】いえ、結構です。

　　　　　**替** 大丈夫

A1：您有帶集點卡嗎？

A2：要幫您辦張集點卡嗎？

B2：【肯定】好，那就麻煩你了。

　　【否定】不，不用了。

　　**外** ポイントカード【和 point ＋ card】集點卡

　　**安心情報**

在日本發票雖然沒有像台灣一樣可以拿來兌獎，不過要退換貨時卻非要它不行。所以大家在整趟旅程中，可將發票統一收納在一起，以備不時之需喔！

A1 こちら温(あたた)めますか？

B1 【肯定】はい、お願(ねが)いします。

【否定】いえ、結構(けっこう)です。

A2 お箸(はし)、お付(つ)けしますか？

替 スプーン【spoon】湯匙

A3 お箸(はし)、何膳(なんぜん)をお付(つ)けしますか？

B3 一膳(いちぜん)です。

替 二膳(にぜん)（兩雙）／三膳(さんぜん)（三雙）

A4 お切(き)りしますか？

A5 はさみが要(い)りますか？

A6 レシートはご利用(りよう)ですか？

替 袋(ふくろ)（袋子）

---

A1：這個要加熱嗎？

B1：【肯定】好，麻煩你。

　　【否定】不，不用了。

A2：要幫您附上筷子嗎？

A3：筷子要幫您準備幾雙呢？

B3：我要一雙。

A4：要幫您剪開嗎？

A5：您需要剪刀嗎？

A6：您需要發票嗎？

外 レシート【receipt】收據；發票

**A1** カバー、おかけしますか？

※ お＋動詞ます形＋します（→いたします）＝敬語：謙讓語

**A2** 袋にお入れいたしましょうか？

※「しましょう」雖可換成「します」，但「しましょう」比「します」在說法上更爲婉轉。

**A3** そのままでよろしいですか？

**B** 【肯定】はい、お願いします。

【否定】いえ、結構です。

---

A1：要幫您包上書套嗎？（店員詢問是否要在書本的外面包一層紙）

A2：要幫您放進袋子裡嗎？

A3：直接這樣給您好嗎？

B1 & B2：【肯定】好，麻煩你了。

【否定】不，不用了。

外 カバー【cover】封套

關卡 ⑤

😊 安心情報

在書店可以利用店內的檢索機，先輸入書名、作者或關鍵字等相關資訊，再將螢幕上顯示的資料列印出來，然後鎖定單子所印的陳列位置，就能輕而易舉找到要買的書。如此「找書不求人」的方式，哇，好好玩喔！

■ **値札を外してもらえますか？**
ね ふだ　はず

可以幫我把標價撕掉嗎？

■ **これ、包んでもらってもいいですか？**
つつ

替 **包装して**
ほうそう

這個可以幫我包裝一下嗎？

■ **プレゼント用に包んでもらえますか？**
よう　　つつ

替 **贈り物**
おく　もの

可以幫我包成禮物嗎？

外 プレゼント【present】禮物

■ **プレゼント用にしてください。**
よう

替 **ラッピングして**【wrapping】

請幫我包成禮物。

■ **壊れにくい包装にしてください。**
こわ　　　　ほうそう

（直譯：請幫我成難弄壞的樣子。）請幫我包裝包得牢一點。

■ **ちょっと大きめの袋はありますか？**
おお　　　ふくろ

有稍微大一點的袋子嗎？

■ **紙袋が欲しいんですが、ありますか？**
かみぶくろ　ほ

我想要用紙袋裝，（這裡）有嗎？

■ **紙袋をもう一つください。**
かみぶくろ　　　ひと

請再給我一個紙袋。

■ **手提げ袋を**<ruby>手<rt>て</rt></ruby><ruby>提<rt>さ</rt></ruby>げ<ruby>袋<rt>ぶくろ</rt></ruby>を<u>もらえますか？</u>

 ください。（請給我）

可以給我手提袋嗎？

■ <ruby>小<rt>こ</rt></ruby><ruby>分<rt>わ</rt></ruby>けの<ruby>袋<rt>ふくろ</rt></ruby>を3<ruby>枚<rt>まい</rt></ruby><ruby>入<rt>い</rt></ruby>れてもらえますか？

（直譯：可以幫我放進去 3 個分裝的袋子嗎？）

我要分開裝，所以可以幫我放 3 個袋子在裡面嗎？

■ <ruby>余<rt>よ</rt></ruby><ruby>分<rt>ぶん</rt></ruby>に<ruby>袋<rt>ふくろ</rt></ruby>をください。

請多給我幾個袋子。

### 😊 安心情報

在日本有家連鎖商店的收銀台旁，放著許多一塊的硬幣供客人使用。正當你準備付錢卻只差那麼一兩塊時，就可以拿來臨時應急。這個貼心的服務，最多只能拿四塊喔！此外，親切的日本店員在找錢的時候，經常會把要找的鈔票，當面一一數給客人看。

「<ruby>失<rt>しつ</rt></ruby><ruby>礼<rt>れい</rt></ruby>します。まず<ruby>大<rt>おお</rt></ruby>きい<ruby>方<rt>ほう</rt></ruby>から、<ruby>千<rt>せん</rt></ruby>、<ruby>二千<rt>にせん</rt></ruby>、<ruby>三千<rt>さんぜん</rt></ruby>、<ruby>四千円<rt>よんせんえん</rt></ruby>のお<ruby>返<rt>かえ</rt></ruby>しです。」

（不好意思，先是大鈔，一千、兩千、三千、四千日圓找您。）

哇，好好玩喔！請大家務必要欣賞這人肉點鈔機的精彩表演。

## 你可以這麼說 　◎ MP3 **077**

■ すみません。これ、昨日（きのう）こちらで買（か）ったものなんですが、サイズを間違（まちが）えてしまったんです。

不好意思，這個是我昨天在這邊買的東西，不過我不小心弄錯了尺寸。

■ Ｌ（エル）サイズのものに交換（こうかん）して<u>いただきたいんですが。</u>

　　　　　　　　　替 いただくことってできますか？

　　　　　　　　　（能幫我嗎？）

想麻煩您幫我換成 L 號的。

■ 返品（へんぴん）したいのですが。

我想要退貨。

■ 返品（へんぴん）させてもらいたいんですが。

（直譯：想請你讓我退貨。）可以讓我退貨嗎？

■ 返品（へんぴん）することってできますか？

可以退貨嗎？

■ 開封（かいふう）した商品（しょうひん）も返品（へんぴん）できますか？

開封後的商品也可以退嗎？

■ 購入店舗（こうにゅうてん）以外（ぼ　いがい）でも<u>返品</u>できますか？

　　　　　　　替 交換（こうかん）（換貨）

我也可以在其他的門市退貨嗎？

> 「～させてもらう」
> 這個句型中，做動作的人
> 是「自己」喔！

■ <u>取り替えて</u>もらえませんか？

▲
替 新品を取り替えて（換新的）

可以幫我換貨嗎？

■ ここが壊れています。

這邊壞掉了。

■ ここにキズがあります。

▲
替 汚れ（髒污）

這邊有刮痕。

■ ここにヒビが入っています。

這邊有裂痕。

會話實況
LIVE ▶

※ 要求調貨　◎ MP3 **078**

A あのー、これの白が欲しいんですが、取り寄せはできますか？

B 一週間ほどお時間をいただきますが。

【肯定】

A 大丈夫です。お願いします。

B ありがとうございます。では、こちらにお名前とご連絡先をご記入ください。

**【否定】**

A じゃあ、他の店舗に行きますので、大丈夫です。

B 他の店舗で在庫があるか（どうか）確認させていただきます。

A ここの近場で探していただけますか？

B はい、少々お待ちください。

---

A：不好意思，我想買這款白色的，可以調貨嗎？

B：大概要請您等一個星期左右。

　【肯定】

A：沒問題，麻煩你了。

B：謝謝您。那請您在這兒填上您的大名及連絡方式。

　【否定】

A：那我到其他分店去（買），不用麻煩了。

B：我幫您查詢一下其他分店是否還有庫存。

A：可以幫我看看就在這附近的店嗎？

B：好的，請您稍候。

## 5-5 "其他服務"

### ❋ 退税　　◎ MP3 **079**

■ **免税の手続きをお願いします。**
めんぜい　てつづ　　　　ねが

麻煩幫我退稅。

■ **免税の手続きをしたいのですが。**
めんぜい　てつづ

我想要辦理退稅。

■ **免税の手続きはどこでできますか？**
めんぜい　てつづ

在哪裡可以退稅呢？

■ **免税の手続きはどこに行けばいいですか？**
めんぜい　てつづ　　　　　　　い

我要去哪裡辦理退稅好呢？

■ **この品物は免税になりますか？**
しなもの　めんぜい

這個商品能退稅嗎？

■ **いくら払い戻されるのですか？**
はら　もど

會退多少錢回來呢？

 **安心情報**

如果你在同一家百貨公司當天購物滿 10001 元日幣以上，就可以拿護照與收據，到服務中心去退 5% 的消費稅，但是化妝品、食物等消耗品除外喔！

## ❋ 寄物

**1** ◎ MP3 **080**

Ⓐ すみません、こちらで荷物を預かってもらいたいと思うんですが。

Ⓑ どんなものですか？

Ⓐ 靴です。

A：不好意思，我想在這裡寄放一下東西。

B：是什麼東西呢？

A：鞋子。

**2** ◎ MP3 **081**

Ⓐ 荷物を受け取りたいのですが。

Ⓑ こちらでお間違いないでしょうか？

Ⓐ はい、ありがとうございました。

A：我想領回剛剛寄放的東西。

B：這是您的東西沒錯吧？

A：是的，謝謝你。

## 闖關練習題

### ❈ 日文解碼

| | （日文假名） | （中文意思） |
|---|---|---|
| ① 返品 | _____ | _____ |
| ② 値札 | _____ | _____ |
| ③ 丈 | _____ | _____ |
| ④ 品物 | _____ | _____ |
| ⑤ 型番 | _____ | _____ |

### ❈ 關鍵助詞

① これ（　　　）決めました。

② これ（　　　）同じものはありますか？

③ どれ（　　　）一番人気がありますか？

④ 中国語の表示（　　　）できますか？

⑤ ＣＭ（　　　）流れていたのはどれですか？

① お探しのものは見つかりましたか？ ＿＿＿＿＿＿＿＿＿＿＿＿＿

② （試穿後，店員問） どうでしたか？ ＿＿＿＿＿＿＿＿＿＿＿＿

③ カバー、おかけしますか？ ＿＿＿＿＿＿＿＿＿＿＿＿＿＿＿＿

④ （在電梯中） 何階ですか？ ＿＿＿＿＿＿＿＿＿＿＿＿＿＿＿＿

⑤ レシートはご利用ですか？ ＿＿＿＿＿＿＿＿＿＿＿＿＿＿＿＿

※ 有話直說

① 想問對方是不是店員時 ＿＿＿＿＿＿＿＿＿＿＿＿＿＿＿

② 想問店員有沒有其他顏色時 ＿＿＿＿＿＿＿＿＿＿＿＿＿

③ 想告訴對方好像找錯錢時 ＿＿＿＿＿＿＿＿＿＿＿＿＿

④ 確認手上的信用卡能否使用時 ＿＿＿＿＿＿＿＿＿＿＿

⑤ 找不到收銀台時 ＿＿＿＿＿＿＿＿＿＿＿＿＿＿＿＿＿

# 走馬看花

## 闖關暖身操

### ❖ 字彙預習

| ① **コース** | ① 套餐 | ② **ミルク** | ① 牛奶；奶球 |
|---|---|---|---|
| ③ **ケチャップ** | ②① 番茄醬 | ④ **追加**（ついか） | ⓪ 加點 |
| ⑤ **飲み物**（のみもの） | ③② 飲料 | ⑥ **持ち帰り**（もちかえり） | ⓪ 外帶 |
| ⑦ **カウンター** | ⓪ 吧台 | ⑧ **大盛り**（おおもり） | ⓪ 大碗 |
| ⑨ **平気**（へいき） | ⓪ 不在意 | ⑩ **ビール** | ① 啤酒 |

### ❖ 句型預習

① 動詞た形＋ら、～。一～，就～。

例 ご注文（ちゅうもん）が決（き）まりましたら、お呼（よ）びください。

　　當您決定好要點餐的時候，請叫我一下。

② ～がします。表感覺（味覺、聽覺等）。

例 それはどんな味（あじ）がしますか？ 那吃起來是什麼味道？

③ ～（を）ください。請給我～。

例 ５０円（えん）ください。請給我 50 日圓。

④ 動詞原形ことはできます。能夠～。

例 再入場（さいにゅうじょう）することはできますか？ 我能再入場嗎？

## 6-1 享用美食

### ※ 物色中（在一般餐廳） ◎ MP3 **082**

■ 今度、友達と一緒に来たいと思うので、ちょっと中を見てもいい
ですか？
　　　　　　　　　　　　　　　　　　　　　　▲ 見物し（參觀）

我想下次跟朋友一起來（用餐），所以可以看一下裡面嗎？

■ ランチ、まだやっていますか？

現在還有午間套餐（的優惠）嗎？

　外 ランチ【lunch】午餐

■ 三、四人のコースメニューはありますか？

有三、四人份的套餐嗎？

　外 コース【course】套餐

　外 メニュー【menu】菜單；菜色

### 安心情報

「コース」和「セット」都是指「套餐」，但是「コース」屬於豐盛型，會一道接著一道送上來，如「フルコース」【full course】（有前菜、沙拉、主菜、甜點、飲料等的全餐）；「セット」則屬於簡單型，一次或分次上齊，如「ランチセット」（有沙拉、主菜、飲料等的午間套餐）。

■ **ここは<ruby>何料理<rt>なにりょうり</rt></ruby>のお<ruby>店<rt>みせ</rt></ruby>ですか？**

您這家餐廳是吃什麼的呢？

■ **<ruby>今日<rt>きょう</rt></ruby>は<ruby>何時<rt>なんじ</rt></ruby>まで<u>やっていますか</u>？**

替 ですか

今天開到幾點呢？

■ **<ruby>閉店<rt>へいてん</rt></ruby>は<ruby>何時<rt>なんじ</rt></ruby>ですか？**

幾點打烊呢？

「<ruby>一人<rt>ひとり</rt></ruby>」後方不加「は」，請把「<ruby>一人<rt>ひとり</rt></ruby>いくら」整個當做片語來記吧！

■ **<ruby>飲<rt>の</rt></ruby>み<ruby>放題<rt>ほうだい</rt></ruby>とコース<ruby>料理<rt>りょうり</rt></ruby>で<u><ruby>一人<rt>ひとり</rt></ruby></u>いくらですか？**

替 <ruby>一人分<rt>ひとりぶん</rt></ruby>

飲料喝到飽加組合套餐，一個人要多少錢？

😊 **安心情報**

走在鬧區，總會碰到居酒屋的熱情店員，帶著折價券來拉客（<ruby>客引<rt>きゃくひ</rt></ruby>き）。但心有所屬的你，可以回應對方說：「<ruby>結構<rt>けっこう</rt></ruby>です」（不用了）。另外，有些餐廳會在店外面的看板上寫著「L.O. 21:30」，其「L.O.」是「Last Order（日文：ラストオーダー）」的縮寫，用來表示「最後點餐的時間是 9 點半」的意思喔！

會話實況
**LIVE** ▶

❈ **候位中**

**1 客滿時** ◎ MP3 **084**

A いらっしゃいませ。ご予約はいただいていますか？

B 予約した王です。

替 予約はしていません（我沒有訂位）

A 何名様ですか？

B 三人です。

A 申し訳ございませんが、満席となっておりますので、こちらの用紙にお名前をご記入ください。席が空きましたら、お呼びいたします。

※「おります」是「います」的敬語：謙讓語

---

A：歡迎光臨。您有預約嗎？

B：我有訂位，我姓王。

A：您有幾位？

B：三個人。

A：非常抱歉，現在已經客滿了。請在這張紙上填入您的大名，如果有位子空出來，我馬上叫您。

## 2 有空位時 ◎ MP3 085

A 何名様ですか？

B 二人です。

A1 はい、かしこまりました。

A2 おタバコはお吸いになりますか？

B2 【肯定】はい。

【否定】いいえ。

A3 禁煙席と喫煙席と／のどちらが宜しいでしょうか？

B3 禁煙席（を／で）お願いします。

▲
替 喫煙席（吸菸區）

▲
替 どちらでもいいです（都可以）

A はい。では、こちらへどうぞ。（禁煙席二名様入りました。）

▲
替 喫煙席へご案内します（我帶您到吸菸區的位子去）

- - - - - - - - - - - - - - - - - - - - - - - - - - - - - - - - - - - - - - - - -

A：您有幾位？

B：兩個人。

A1：好的，我幫您帶位。

A2：您抽菸嗎？

B2：【肯定】我們抽菸。

　　【否定】我們不抽。

A3：您想坐在禁菸區，還是吸菸區？

B3：我們要禁菸區。

A：好的，那這邊請。（向店裡的人說：禁菸區有兩位客人進來了。）

■ よ やく
予約はしていないんですが。

（我們）沒有預約。

■ よ やく　ふ たり　せき
予約していません。二人ですが、席はありますか？

（我們）沒有預約。我們有兩個人，現在有位子嗎？

■ ま
どれぐらい待ちますか？

（遇到大排長龍時）差不多要等多久？

■ まどがわ
窓側のテーブルにしてもらえますか？

可以麻煩你安排靠窗的位子嗎？

外 テーブル【table】桌子

會話實況
LIVE ▶

※ **點餐中** ◎ MP3 **087**

A1 メニューでございます。ごゆっくりご覧ください。
　　　　　　　　　　　　　　　　　らん

A2 ご注文が決まりましたら、お呼びください。
　ちゅうもん　き　　　　　　　　　よ

B はい。

A1：為您送上菜單，請慢慢看。

A2：您決定好要點餐的時候，再叫我就可以了。

B：好的。

關卡
⑥

■ メニューを見せてもらえますか？

可以讓我看一下菜單嗎？

■ 中国語のメニューはありませんか？

有中文的菜單嗎？

■ まだ決まっていません。

我還沒決定好。

■ すみません、<u>注文</u>をお願いします。

替 オーダー【order】

不好意思，我要點菜了。

■ よろしいでしょうか？注文をお願いしたいのですが。

您方便嗎？我想要點菜了。

■ 注文しても宜しいですか？

我們可以點菜了嗎？／我們想要點菜了。

安心情報

有時餐桌上會有服務鈴，要點菜、要茶水、要催菜、要紙巾、要結帳，服務生隨按隨到。哇，好好玩喔！

■ お薦めを教えてもらえますか？

可以幫我們推薦一下嗎？

■ お薦め料理は何ですか？

招牌菜是哪一道？

■ こちらのお店では何がおすすめですか？

你們店裡哪一道是招牌菜呢？

■ 人気のあるメニューは何ですか？

比較多人點的是哪一個呢？

■ それはどんな味がしますか？

那（道菜）吃起來是什麼味道？

■ サラダの代わりにスープにしてもいいですか？

沙拉可以換成湯嗎？

外 サラダ【salad】沙拉

外 スープ【soup】湯

■ あの方が召し上がっている料理は何ですか？

那位先生（或小姐）正在吃的是哪一道菜？

※「方」是「人」的敬稱

■ あれと同じ料理をください。

（直譯：請給我跟那個一樣的菜。）我也要點那道菜。

■ ほかに似たような料理はありますか？

（要點的東西恰巧賣完了）其他有沒有類似的菜呢？

■ この料理はボリュームがありますか？

這道菜的份量多嗎？

外 ボリューム【volume】份量；音量

■ ベジタリアン用の料理はありますか？

有適合素食者吃的菜嗎？

外 ベジタリアン【vegetarian】素食者

■ すみません、ねぎ抜きでお願いします。

替 氷なし（去冰）

不好意思，請不要加蔥。

■ これはどのように料理するのですか？

替 調理（烹調）

這個是用什麼方式料理的？

## 🌼 點菜

**1** 🎧 MP3 **089**

**A1** お決まりでしょうか？

**A2** ご注文はいかがなさいますか？

**A3** ご注文をお伺いします。

**B** ビールを二つください。

- - - - - - - - - - - - - - - - - - - - - - - - - - - - - - -

A1：您決定好了嗎？

A2：您要點些什麼呢？

A3：我來為您點餐。

B：請給我兩杯啤酒。

　　**外** ビール【荷 bier】啤酒

### 安心情報

在日本的居酒屋吃飯有個不成文的習慣，記得坐下來先點喝的，喝完一輪後，再請服務生來點菜。哇，好好玩喔！

關卡 **6**

## 2 ◎ MP3 **090**

A1 これとこれです。

A2 これ一つ、これ一つと<u>これを二つ</u>お願いします。

替 これ二つで

B ご注文を繰り返させていただきます。

A はい。

B ご注文は、以上でよろしいでしょうか？

A 【肯定】はい。【否定】さっき、シーザーサラダも頼んだんですが。

---

A1：（手指菜單）我要這個和這個。

A2：我要一個這個、一個這個和兩個這個。

B：我再重覆一次您的餐點。

A：好。

B：以上是您的餐點對嗎？

A：【肯定】對。【否定】我剛剛也點了凱撒沙拉。

外 シーザーサラダ【Caesar salad】凱撒沙拉


## 3 ◎ MP3 **091**

B ご注文は<u>すべて</u>お揃いでしょうか？

替 以上で

A 【肯定】はい。【否定】まだ梅酒サワーが来ていません。

---

B：您的餐點全都到齊了嗎？

A：【肯定】對。【否定】我的梅酒沙瓦還沒送來。

外 サワー【sour】酸味飲料；沙瓦

■ <u>料理</u>の追加はできますか？

替 <u>飲み物</u>（飲料）

我可以加點別的菜嗎？

■ もう<u>一度</u>メニューを<u>見</u>せてください。

麻煩你再給我看一下菜單。

■ <u>レモンソーダ割り</u>とかできますか？

替 自己想喝的飲料名

（想點菜單上沒有的飲料時）可以幫我調一杯檸檬蘇打酒嗎？

外 レモンソーダ【lemon soda】檸檬蘇打調酒

■ この<u>料理</u>は<u>頼</u>んでいませんが。

我沒點這道菜。

■ <u>料理</u>の<u>中</u>に<u>何か入</u>っています。

替 <u>虫</u>が（蟲）●

菜裡面好像有什麼東西。

> 舉凡是「螞蟻」、「菜蟲」、「毛毛蟲」之類的中文，不用精準地翻譯出來，都以「<u>虫</u>」帶過即可。

■ すみません、<u>注文</u>したものがまだ<u>来</u>ないんですが。

不好意思，我剛點的東西還沒送過來。

■ すみません、<u>頼</u>んだもの、いつ<u>頃来</u>ますか？

不好意思，（我們）點的東西，大概什麼時候會送過來？

■ <u>鍋</u>はまだですか？<u>注文</u>を<u>取り消</u>してもいいですか？

火鍋還沒好嗎？我不想要了，可以嗎？

關卡 ⑥

## ❀ 更改餐點

### 1 ◎ MP3 093

**A** 注文を変えたいのですが。
<sub>ちゅうもん</sub> <sub>か</sub>

▲替 オーダーを変更できますか？（我可以改一下剛剛點的東西嗎？）
<sub>へんこう</sub>

**B** どうぞ。

**A** 刺身盛り合わせをやめて、ポテトフライにします。
<sub>さし み も あ</sub>

A：我想改一下剛剛點的東西。

B：請說。

A：我不要綜合生魚片了，請幫我改成炸薯條。

　外 ポテトフライ【和 potato + fry】炸薯條

### 2 ◎ MP3 094

**A** お食事はラストオーダーになります。
<sub>しょく じ</sub>

**B** 【肯定】コーラ一つお願いします。
<sub>ひと</sub> <sub>ねが</sub>

　　【否定】大丈夫です。
<sub>だいじょう ぶ</sub>

A：我們最後點餐的時間要到了。

B：【肯定】請給我一杯可樂。

　　【否定】（我們）不再點了。

136

■ <ruby>飲<rt>の</rt></ruby>み<ruby>物<rt>もの</rt></ruby>はおかわりできますか？

　替 <ruby>ご飯<rt>はん</rt></ruby>（白飯）／<ruby>味噌汁<rt>みそしる</rt></ruby>（味噌湯）

飲料可以續杯嗎？

■ <ruby>皿<rt>さら</rt></ruby>が<ruby>一枚<rt>いちまい</rt></ruby><ruby>足<rt>た</rt></ruby>りません。

我少一個盤子。

■ お<ruby>皿<rt>さら</rt></ruby>を<ruby>下<rt>さ</rt></ruby>げてもらえますか？

可以幫我把盤子收走嗎？

■ お<ruby>水<rt>みず</rt></ruby>をもらえますか？

　替 お<ruby>冷<rt>ひや</rt></ruby>（冰水）／<ruby>取<rt>と</rt></ruby>り<ruby>皿<rt>ざら</rt></ruby>（餐盤）／<ruby>小皿<rt>こざら</rt></ruby>（小盤子）／<ruby>灰皿<rt>はいざら</rt></ruby>（菸灰缸）

可以幫我加點水嗎？／可以給我杯水嗎？

■ お<ruby>茶<rt>ちゃ</rt></ruby>とかありますか？

　替 ナプキン【napkin】（餐巾紙）

有茶水嗎？

■ <ruby>氷抜<rt>こおりぬ</rt></ruby>きの<ruby>水<rt>みず</rt></ruby>をください。

　　　　　　　替 お<ruby>願<rt>ねが</rt></ruby>いします

（想吃藥時）請給我一杯去冰的水。

在日本的餐廳裡，有些店會奉上熱茶或冰水；有些店會在牆壁上張貼「セルフサービス」（self-service，自助式）等字樣。因為人力有限，如果要喝水的話請客人自取。

關卡 ⑥

■ **一人追加でお願いします。**

麻煩你我們這邊多加一個人。

■ **すみません、お皿とお箸お願いします。**

不好意思，請多給我們一副餐具。

■ <u>**お手洗い**</u>**はどこですか？**

替 トイレ

洗手間在哪裡？

■ **すみません、**<u>**水**</u>**をこぼしちゃいました。**

替 お酒（酒）／ビール（啤酒）／ワイン【wine】（紅酒）

不好意思，我把水打翻了。

■ **あちらへ移動してもいいですか？**

我可以移到那邊坐嗎？

■ **これを持ち帰りたいのですが。**

（當餐點沒吃完時）這個我想打包帶走。

😊 安心情報

在日本，多數的餐廳都不太讓客人把吃剩的食物打包。這是因為怕客人帶回去吃之後，萬一發生問題難以追究責任。所以奉勸各位：「人是鐵，飯是鋼，乖乖現場吃光光！」

❋ **筷子掉了**　◎ MP3 **096**

**A** あのー、お箸を落としちゃったんですが。

**B** はい、ただ今お持ちします。

A：不好意思，我的筷子掉到地上去了。

B：好的，我馬上幫你補（一雙）過來。

❋ **用餐後**　◎ MP3 **097**

**A** お会計をお願いします。

　　▲ 替 勘定

**B** 会計は別々ですか？ご一緒ですか？

**A** 別々でお願いします。●

　　▲ 替 一緒（一起結）

A：請幫我買單。

B：要分開結嗎？還是要一起結？

A：請幫我分結。

> 雖然也有人會說：「別々にお願いします」，但是較不合乎正統的語法。
> 而要表示「一起結」的話，不能說成「一緒にお願いします」喔！

關卡 ⑥

■ **伝票が間違っているようですが。**
でんぴょう　まちが

帳單好像有問題。

■ **これは注文していませんが。**
ちゅうもん

這個我沒有點。

■ **お釣り、まだ渡されて（い）ないのですが。**
わた

▲ 替 受け取って（拿到）
う　と

要找的錢還沒給我。

■ **これは前のお客さんが忘れていたものです。**
まえ　きゃく　わす

（發現收銀員找給上個客人的錢還在時）

（放在）這裡的錢是剛剛那位客人忘記拿走的。

■ **預けたものを返してもらえますか？**
あず　かえ

可以把剛剛寄放的東西還給我嗎？

> 這裡的「預けたもの」是指餐廳
> あず
> 服務生幫我們保管的鞋子、
> 雨傘或大衣等物品。

## ※ 掉了東西（打電話詢問店家） ◎ MP3 **099**

**A** 一時間ほど前、そちらのお店にデジカメを忘れました。

**B** どんなデジカメですか？

**A** 黒いデジカメです。レジのカウンターのところに置き忘れたような気がします。すぐに探していただけると助かるのですが。

**B** ああ、ありましたよ。

**A** （助かった。）すぐに取りに行きます。<u>ありがとう</u>（ございます）。

**替** どうも

> 這是對自己說的「自言自語」，
> 所以使用了常體。

---

A：差不多一個小時之前，我把數位相機忘在你們的店裡了。

B：是什麼樣子的數位相機呢？

A：是一台黑色的數位相機。我記得是遺留在收銀台那邊的櫃台上。希望您能馬上幫我找一找。

B：啊，我看到了喔／找到了喔！

A：（謝天謝地。）我這就去拿。謝謝。

**A** 店内でお召し上がりですか？お持ち帰りになりますか？

※「お＋動詞ます形＋になります」是敬語：尊敬語

**B** ここで食べます。

▲
替 持ち帰りで（外帯）

※ 後面省略了「お願いします」

**A** では、ご注文をお願します。

**B** ビッグマックセット一つください。

**A** ドリンクは何になさいますか？

**B1** コーラ、Lサイズをお願いします。

▲
替 S（小杯）／M（中杯）

▲
替 で

**B2** アイスコーヒーのMをお願いします。

▲
替 で ●

**A** お砂糖とミルクはお付けしますか？

**B1** 一つずつください。

**B2** ケチャップをもう少しいただけますか？

▲
替 ナプキン【napkin】餐巾紙

一般來說都是用「を」，但在上面的情境中，出現了飲料大杯（L）、中杯（M）、小杯（S）等選項，此時「最終決定」＋「で」這樣的組合，就能顯現出「不是別的，就是它了！」的心情。

142

A かしこまりました。お会計は 710 円になります。

B はい、これです。

A 90 円のお釣りになります。
では、こちらのほうでお待ちください。

---

A：您要內用還是外帶？

B：我在這邊吃。

A：（直譯：那請您點餐。）那請問您要點些什麼？

B：我要一個大麥克套餐。

A：您要點什麼飲料呢？

B1：我要大杯可樂。

B2：我要中杯冰咖啡。

A：（直譯：糖和奶精需要附上給您嗎？）糖和奶精您需要嗎？

B1：請各給我一個。

B2：可以多給我一點番茄醬嗎？

A：好的。一共是 710 日圓。

B：（拿出 800 日圓）嗯，給你。

A：找您 90 日圓。

那請您到這邊稍等一下。

外 ビッグマックセット【和 BigMac ＋ set】大麥克套餐

外 ドリンク【drink】飲料

外 アイスコーヒー【iced coffee】冰咖啡

外 ミルク【milk】牛奶；奶精

外 ケチャップ【ketchup】番茄醬

關卡 ❻

**A1** ここ、空いていますか？

**A2** ここに座ってもいいですか？

**A3** 相席してもいいですか？

**B1** 【肯定】ええ、どうぞ。

【否定】いえ、空いていません。

---

A1：這邊沒人坐嗎？

A2：我可以坐這邊嗎？

A3：可以跟你共用同張桌子嗎？

B1：【肯定】好的，請坐。

　　【否定】不，有人坐。

**A** こちら、お下げしてもよろしいでしょうか？

**B** 【肯定】はい。

【否定】まだ食べるので、大丈夫です。

　　　　▲結構

---

A：這個我可以幫您收走嗎？

B：【肯定】好。

　　【否定】我還要吃，不用收走。

### ❊ 在拉麵或牛丼店

**1** ◎ MP3 **103**

**A** お客様、カウンター席でもよろしいでしょうか？

**B** はい。

A：您坐吧台的位子好嗎？
B：好。

> 形容詞的語幹＋め（目）＝具備該性
> 質、呈現該狀態或有該傾向的意思。舉例來說，
> 「固め」和「多め」都是去掉「い」，留下語幹加上
> 了「め」。不過碰上了「濃い」，就不能套進上面的公式
> 了！根據日本全國調查的結果顯示，多數的日本人
> 常使用的不是「濃め」，而卻是「濃いめ」，
> 所以請大家要特別留意喔！

**2** ◎ MP3 **104**

**A** お好みはどうしますか？

**B1** 麺（は）固め、味（は）濃いめ、油（は）多めで。

替 柔らかめ（爛一點）／薄め（淡一點）／
少なめ（少一點）／なし（不加）

**B2** 普通でいいです。

A：你的麵有什麼特別的要求嗎？
B1：麵要硬一點、味道要濃一點、油要多一點。
B2：普通的就好。

## 3 🎧 MP3 **105**

**A** ありがとうございます。

**B** ごゆっくりどうぞ。

A：（麺送來時）謝謝你。
B：請慢用。

## 4 🎧 MP3 **106**

**A** すみません、大盛りに<u>変えたい</u>ですが。

替 したい

**B** では、50円ください。

A：不好意思，我想要換大碗的。
B：那請再給我 50 日圓。

## 5 🎧 MP3 **107**

**A** すみません、食券を買わなかったんですが、サラダの追加はここでお金を払っても<u>いい</u>ですか？

替 大丈夫／平気（沒關係）

**B** いいですよ。

**A** ありがとうございます。

A：不好意思，我剛剛沒買餐券，要加點沙拉的話，現場付錢可以嗎？
B：沒問題喔！
A：謝謝你。

■ に かい せき いま つか
**二階の席、今使えますか？**

二樓的位子現在可以坐嗎？

■ に かい あ
**二階に上がってもいいですか？**

我可以上二樓嗎？

■ ねが
**これ、お願いします。**

▲ み そ
替 味噌ラーメン（味噌拉麵）／其他具體的拉麵名稱

（遞出餐券）這個麻煩你了。

■ かいけい ねが
**お会計お願いします。**

（離開位子後）麻煩你我要結帳。

■ **すみません。**

（到了收銀台時）不好意思，我要結帳。

■ ち そうさま
**ありがとうございます。ご馳走様でした。**

（拿到找的錢與收據後）謝謝你，我吃飽了。

**安心情報**

像拉麵店或牛丼店等氣氛較熱鬧的日本料理店，結完帳或是離開店
ち そうさま
家時許多客人都會來上一句「ご馳走様でした」，以表示感謝之意。
之後從店裡後面的廚房即傳來洪亮有勁的「ありがとうございまし
たー！」來回應客人，聽了真是令人感動。這樣一來一往的互動，
哇，好好玩喔！

關卡 ❻

## 6-2 "觀光景點"

❄ **你可以這麼說**  ◎ MP3 **109**

■ **大人一枚**ください。
おとないちまい

替 お願いします
ねが

成人票一張。

■ **学生割引はありますか？**
がくせいわりびき

學生有折扣嗎？

■ **館内ツアーは実施されていますか？**
かんない じっし

現在有提供館內導覽的服務嗎？

外 ツアー【tour】旅行；遊覽

■ **休憩できるところはありますか？**
きゅうけい

有休息區嗎？

■ **出口はどこですか？**
でくち

出口在哪裡？

■ **最終入場時間は何時ですか？**
さいしゅうにゅうじょうじかん なんじ

最後入場的時間是幾點？

■ **一度出て、再入場することはできますか？**
いちどで さいにゅうじょう

中途離場後可以再入場嗎？

■ **中で写真を撮ってもいいですか？**
なか しゃしん と

裡面可以拍照嗎？

## ■ お土産コーナーはどこですか？

紀念品販賣區在哪裡？

外 コーナー【corner】角落；分區；單元

## ■ お守りはどこで売っていますか？

替 に

御守（護身符）哪裡有在賣？

會話實況
**LIVE** ▶

❋ **尋找遺失物** ◎ MP3 **110**

A すみません、さっきここにかばんを忘れて行ったと思うんですが。

替 傘（雨傘）／かぎ（鑰匙）

B どんなかばんでしょうか？

A これくらいの大きさの、茶色い革のかばんなんですけど。

B 少々お待ちください。こちらのかばんでしょうか？

A はい、そうです。ありがとうございます。

A：不好意思，我剛剛把包包丟在這兒了。

B：是什麼樣的包包呢？

A：（用手比劃一下）大概是這麼大、咖啡色的皮包。

B：請稍等一下。是這個包包嗎？

A：是，沒錯。謝謝你。

## 6-3 " 遊客中心 "

❋ **你可以這麼說**  ◎ MP3 **111**

■ **観光案内所はどこにありますか？**
（かんこうあんないじょ）
遊客服務中心在哪裡？

■ **この辺りに安くて美味しいレストランはありますか？**
（あた）（やす）（お い）
這附近有沒有便宜又好吃的餐廳？

■ **ここの無料の地図はありますか？**
（むりょう）（ち ず）

**替 パンフレット【pamphlet】旅遊簡介**

有沒有這裡的免費地圖？

■ **どこか安いホテルを紹介してもらえませんか？**
（やす）（しょうかい）
可以幫我介紹一下比較經濟實惠的飯店嗎？

■ **清潔なホテルだといいのですが。**
（せいけつ）
只要是乾淨一點的飯店就好了。

■ **ほかにはどんなホテルがありますか？**
其他的話還有哪些飯店呢？

■ **ここの見どころを教えてください。**
（み）（おし）
（直譯：請告訴我這邊值得一看的地方。）
我想問一下這邊有什麼好玩的地方。

■ **すみません、今、何時ですか？**
（いま）（なん じ）
不好意思，現在幾點了？

　　看到有些人提著大包小包要上公車，擋不住台灣人的熱血，想
主動幫忙時：

■ お手伝いしましょうか？
我來幫你的忙吧！

■ お持ちしましょうか？
我來幫你提吧！

　　下雨天在離車站一小段距離的路上，看到旁邊的路人沒帶傘，
擋不住台灣人的熱血，想送人一程時：

■ 良かったら、一緒にどうぞ。
不介意的話，我們一起撐這把傘吧！

■ 良かったら、使ってください。
替 どうぞ
不介意的話，（傘）你拿去用吧！

關卡 ⑥

## 6-4 参加旅行團

**報名時** ◎ MP3 113

■ このツアーのスケジュールを教えて<ruby>教<rt>おし</rt></ruby>えてください。

可以告訴我這個團的行程嗎？

**外** スケジュール【schedule】行程；時間表

■ どのツアーがオススメですか？

你推薦哪個團呢？

■ <ruby>午前中<rt>ごぜんちゅう</rt></ruby>のツアーはありますか？

**替** <ruby>午後<rt>ごご</rt></ruby>（下午）／<ruby>半日<rt>はんにち</rt></ruby>コース（半天的行程）

有早上的團嗎？

■ <ruby>今日<rt>きょう</rt></ruby>、このツアーに<ruby>参加<rt>さんか</rt></ruby>できますか？

今天還可以參加這個團嗎？

■ <ruby>自由時間<rt>じゆうじかん</rt></ruby>はありますか？

有自由活動的時間嗎？

■ ツアーに<ruby>昼食<rt>ちゅうしょく</rt></ruby>は<ruby>含<rt>ふく</rt></ruby>まれていますか？

行程裡有包含中餐嗎？

■ このツアーを<ruby>申<rt>もう</rt></ruby>し<ruby>込<rt>こ</rt></ruby>みたいのですが。

我想要報名參加這個團。

■ トイレに行<sub>い</sub>きたいのですが。

我想去上廁所。

■ 集合場所<sub>しゅうごう ば しょ</sub>はどこですか？

集合地點在哪裡？

■ 何時<sub>なんじ</sub>に戻<sub>もど</sub>ればいいのですか？

幾點要回來呢？　●┅┅┅

　　　　　記得曾聽過日本朋友去拜訪別人
　　的時候，比方約三點見面，他們都會提早
　　到，然後在門口等到三點整再按門鈴進去。
　　相當佩服他們的守時精神！所以在日本參加
　　國內旅行團時，別忘了要在集合時間前
　　　　就到現場「待命」喔！

■ この建物<sub>たてもの</sub>には誰<sub>だれ</sub>が住<sub>す</sub>んでいたのですか？

這建築物以前是誰住的？

■ これは誰<sub>だれ</sub>の作品<sub>さくひん</sub>ですか？

這是誰的作品呢？

■ いつ頃<sub>ごろ</sub>のものですか？

這是什麼時候的東西？

■ あれは何<sub>なん</sub>ですか？

那是什麼？

■ ここでどのくらい止<sub>と</sub>まりますか？

要在這裡停留多久？

■ あとどのくらいで着<sub>つ</sub>きますか？

還要多久才會到？

■ 記念品<sub>き ねんひん</sub>はどこで買<sub>か</sub>えますか？

紀念品要在哪裡能買得到呢？

### ✿ 你可以這麼說 ◎ MP3 **115**

■ この辺に郵便ポストはありますか？ 這附近有郵筒嗎？

**外** ポスト【post】郵筒

■ この葉書はおいくらですか？ 這張明信片多少錢？

**替** 絵葉書（風景明信片）

■ この小包を送りたいのですが。 我想寄這個包裹。

■ 小包（用）の箱はありますか？

有寄包裹用的箱子嗎？

■ この小包を一番安く送る方法は何ですか？

這個包裹怎麼寄最便宜呢？

■ 何日で着きますか？

要花幾天才會寄到？

■ いつごろ着きますか？

**替** 届きます

大概什麼時候會寄到？

「借りる」和「貸す」都是「借」的意思。記得以前老師教過我們，「借りる」中因為有「り」（想像成中文的「利」），所以是「借入」的意思；而相反地「貸す」就是「借出」的意思。這句話是請對方「借出」，當然動詞要用「貸す」喔！

■ のりを貸してください。

**替** テープ【tape】（膠帶）／ペン【pen】（筆）

請借我膠水。

## ※ 寄航空信　◎ MP3 **116**

**A** すみません、これ、（航空便（こうくうびん）で）お願（ねが）いします。

> 替 エアメール【air mail】航空郵件、EMS（國際快捷）

**B** どちらまでですか？ ※「どちら」是「どこ」的敬語：丁寧語

**A** 台湾（たいわん）（まで）です。いくらですか？

**B** 70円（えん）です。 ※ 單張明信片寄到台灣的郵資為 70 日圓

**A** はい。これでお願（ねが）いします。

**B** 1000円（えん）ですね。930円（えん）のお返（かえ）しです。ありがとうございました。

---

A：不好意思，這個麻煩你（寄空運）。

B：您要寄到哪裡？

A：（寄到）台灣。請問多少錢？

B：70 日圓。

A：好。這個就麻煩你了。

B：收您 1000 日圓，找您 930 日圓。謝謝您。

EMS（原為 International Express Mail Service，國際快捷），約 3 ～ 5 天寄達台灣。郵費稱重計價，900 日圓起跳，有時需填寫「税関告知書（ぜいかんこくちしょ）」（海關申報單）和「インボイス」（invoice，商業發票）。

## 闖關練習題

### ❈ 日文解碼

　　　　　　　　　（日文假名）　　　　　　　　（中文意思）

① 注文 _____　_____

② 相席 _____　_____

③ 無料 _____　_____

④ 見物 _____　_____

⑤ 伝票 _____　_____

### ❈ 關鍵助詞

① こちら （　　）どうぞ。

② 注文（ちゅうもん） （　　）変（か）えたいのですが。

③ 何日（なんにち） （　　）着（つ）きますか？

④ 以上（いじょう） （　　）宜（よろ）しいでしょうか？

⑤ 二階（にかい） （　　）上（あ）がってもいいですか？

（請依左方的中文提示，填入適當的搭配詞語。）

① 位子空出來 　　　　　席が _____

② 拍照 　　　　　　　　写真を _____
　　　　　　　　　しゃしん

③ 報名旅行團 　　　　　ツアーを _____

④ 寄包裹 　　　　　　　小包を _____
　　　　　　　　こ づつみ

⑤ 借膠水 　　　　　　　のりを _____

① 想問服務生有無中文菜單時 　　_____

② 想請服務生來點餐時 　　　　　_____

③ 想告訴服務生少了一個盤子時 　_____

④ 想問飲料可否續杯時 　　　　　_____

⑤ 想問路人時間的時候 　　　　　_____

關卡
❻

# 臨場反應

# 闖關暖身操

## ❋ 字彙預習

| ① フラッシュ | ② 閃光燈 | ② 泥棒 どろぼう | ⓪ 小偷 |
|---|---|---|---|
| ③ 口コミ くち | ⓪ 口耳相傳；口碑 | ④ 薬 くすり | ⓪ 藥品 |
| ⑤ めまい | ② 頭暈 | ⑥ 日焼け止め ひ や ど | ⓪ 防曬乳 |
| ⑦ 事故 じ こ | ① 車禍 | ⑧ 駅員 えきいん | ② ⓪ 站務員 |
| ⑨ けが | ② 受傷 | ⑩ くしゃみ | ② 噴嚏 |

## ❋ 句型預習

① <u>動詞て形</u>＋いただけますか？ 可以請您～嗎？
  ※「いただきます」是「もらいます」的敬語：謙讓語

② いただけ<u>動詞ます形改為否定的ません</u>＋か？ 能否請您～？
  例 写真を撮っていただけませんか？ 能否請您幫忙拍張照？
   しゃしん と

③ <u>動詞原形</u>＋みたいです。 好像～。
  例 熱があるみたいです。 我好像發燒了。
   ねつ

④ お＋<u>動詞ます形</u>＋できますか？ （敬語：謙讓語）我可以～嗎？
  ※「できます」是「します」的可能形
  例 一緒に写真をお願いできますか？ 我可以跟您一起拍張照嗎？
   いっしょ しゃしん ねが

160

## 7-1 請求拍照

### ❋ 你可以這麼說  ◎ MP3 **117**

■ ここで写真を撮ってもいいですか？

　　　　　　　　**替** 撮影して

這裡可以拍照嗎？

■ フラッシュを使ってもいいですか？

我可以開閃光燈拍照嗎？

**外** フラッシュ【flash】閃光燈

■ 写真を撮っていただけますか？

您能幫忙（我們）拍張照嗎？

■ もう一枚お願いします。

請再多拍一張。

■ あれと一緒に撮ってください。

那個要一起拍進去喔！

■ ビデオを回してもいいですか？

　　　　　**替** 撮って　●

我可以攝影嗎？

**外** ビデオ【video】錄影帶

「ビデオを回す」是「轉動帶子」；「ビデオを撮る」是「按下快門」的概念，但皆表「攝影」。

■ あなたの写真を撮ってもいいですか？

我可以拍張你的照片嗎？

■ このデジカメでもお願いします。

這台數位相機也麻煩你（拍一張）。

■ 一緒に写真をお願いできませんか？

我可以跟您拍張照嗎？

■ 私と一緒に写真を撮ってもらえますか？

我們可以拍張合照嗎？

■ よく撮れています。ありがとうございました。

拍得很好。謝謝你。

※ **請人幫忙拍照**

1 ◎ MP3 **118**

A すみません、写真を撮っていただけませんか？

替 シャッターを押して【shutter】（按下快門）

※「いただけませんか」是「もらえませんか」的敬語：謙譲語

B ええ、いいですよ。

A ここを押すだけなんですけど。

B ここですね。はい、撮りまーす。

A どうもありがとうございました。

---

A：不好意思，能否請您幫忙拍張照？

B：嗯，好啊！

A：只要按這邊就可以了。

B：這邊喔。好，要照了喔！

A：非常謝謝你。

## 2 ◎ MP3 119

A すみません、写真を撮ってもらえませんか？

B いいですよ。

A 後ろの建物を入れてもらえますか？

B いいですよ。はい、チーズ。•⋯⋯⋯

A どうもありがとう。

> 我們台灣人拍照時最愛喊「一、二、三」，不過在日本最常用的則是「はい、チーズ」喔！

---

A：不好意思，可以幫忙照張相嗎？

B：好啊！

A：幫我把後面的建築物拍進去好嗎？

B：好啊！來，笑一個！

A：非常感謝！

外 チーズ【cheese】起司

## 7-2 "兌換日幣"

### 你可以這麼說 ◎ MP3 120

■ 両替できるところはありますか？

（這附近）有可以換錢的地方嗎？

■ ここで外貨を両替できますか？

這裡可以兌換外幣嗎？

■ 日本円に換えてください。
　　　　　　　替でお願いします

請幫我換成日幣。

■ 千円札を五枚、お願いします。

麻煩請換給我五張千圓大鈔。

■ お釣りを細かくしていただけますか？

您可以都換小額一點的給我嗎？

 安心情報

日幣紙鈔有 1 萬、5 千、1 千等三種面額；硬幣則有 500、100、50、10、5、1 圓等六種面額。此外，日本多數的銀行只開到下午三點喔！

※ **在機場的銀行換錢** ◎ MP3 **121**

Ａ こんばんは。

Ｂ こんばんは。

Ａ お願<sup>ねが</sup>いします。

Ｂ すみません、お待<sup>ま</sup>たせしました。5万<sup>まん</sup>（と）830円<sup>えん</sup>です。ご確認<sup>かくにん</sup>

ください。封筒<sup>ふうとう</sup>は必要<sup>ひつよう</sup>ですか？

Ａ【肯定】はい、必要<sup>ひつよう</sup>です。どうもありがとうございました。

【否定】いえ、結構<sup>けっこう</sup>です。どうもありがとうございました。

A：你好。

B：你好。

A：（遞出錢和單子）麻煩你了。

B：不好意思，讓您久等了。（一共）5 萬 830 日圓。請您點一下。需要信封裝嗎？

A：【肯定】是，我需要。非常感謝您。

　　【否定】不，不用了。非常感謝您。

在機場銀行的兌幣窗口旁有擺放「外貨両替計算書<sup>がいかりょうがえけいさんしょ</sup>」，先確認自己

是「外幣換日幣」，還是「日幣換外幣」。填寫完畢之後，即可帶

現金到窗口辦理。

## ※ 你可以這麼說　◎ MP3 122

■ 並んでいますか？

你在排隊嗎？

■ この店によく来られているんですか？

這家店您常來光顧嗎？

※「来られる」是「来る」的敬語：尊敬語

■ 口コミで美味しいと聞いたんですが、本当ですか？

（這家店）大家都口耳相傳說好吃，是真的嗎？

■ ほかにオススメの店はありますか？

你有其他推薦的餐廳嗎？

■ メニューを見せてもらえますか？

（問店員）可以給我看一下菜單嗎？

## 安心情報

有時候，店員會發菜單給正在排隊的客人，過了一段時間再來幫客人點餐。等到進去店裡之後，就能吃到熱騰騰的餐點了。吃到美食的第一口，深深覺得排隊排了這麼久，一切都值得了！

會話實況
**LIVE** ▶

※ **確認隊伍** ◎ MP3 **123**

**A** ここが最後尾ですか？
　替 最後尾はここですか

**B** 【肯定】はい。ここからです。
　　【否定】もう少し後のほうです。

---

A：（直譯：這裡才是隊伍的尾巴嗎？）
　　從這裡開始排隊嗎？
B：【肯定】是的，從這裡開始排。
　　【否定】還要再後面一點。

**日行一善！** 小姐出糗篇 | ◎ MP3 **124**

當看到女生不小心在路上跌倒時：

**A** 大丈夫ですか？
**B** 大丈夫です。

---

A：你還好吧？
B：我沒事。

## " 生病用藥 "

### ❊ 在藥妝店　◎ MP3 **125**

■ **すみません、胃薬を探しているのですが。**
いぐすり　さが

不好意思，（直譯：我在找胃藥）我想要買胃藥。

■ **風邪薬はありますか？**
かぜぐすり

▲
**替** 頭痛薬（頭痛藥）
ず つうやく

> 「ぐ」有濁音喔！

有感冒藥嗎？

■ **何か良い解熱剤はありませんか？**
なに　い　げ ねつざい

**替** 鎮痛剤（止痛藥）
ちんつうざい

有沒有什麼不錯的退燒藥？

■ **どのように飲むのですか？**
の

（藥）要怎麼吃呢？

■ **鎮痛剤をもらえますか？**
ちんつうざい

▲
**替** 酔い止め薬（暈車、暈船或暈機藥）
よ　ど　ぐすり

可以給我止痛藥嗎？

■ **鼻水によく効く薬って、どれですか？**
はなみず　　き　くすり

能有效止住鼻水的藥是哪一種呢？

■ **日焼け止めは一階ですか？それとも二階ですか？**
ひ や ど　いっかい　　　　　　　にかい

防曬乳在一樓還是二樓？

■ 私にこの薬が合わないので、別のものを探しているんですが、
何かおすすめはありますか？

（拿出會過敏的藥單）這個藥我不能吃，所以我在找其他的藥，

你有什麼可以介紹的嗎？

■ これと似たものとかありますか？

替に

（拿出想買的東西）有像這樣的東西嗎？

■ これはどこの国で作られていますか？

這是哪一國製的？

■ よく売れているのはどれですか？

替 一番　　　　替 どっち

賣得最好的是哪個？

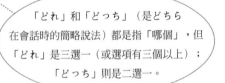

「どれ」和「どっち」（是どちら
在會話時的簡略説法）都是指「哪個」，但
「どれ」是三選一（或選項有三個以上）；
「どっち」則是二選一。

■ 小さめのはありますか？

替 大きめ（大一點）

有小（罐）一點的嗎？

■ 消費期限はいつまでですか？

保存期限到什麼時候？

 安心情報

「消費期限」和「賞味期限」雖然看似相同，但其中有微妙的差別。
「消費期限」是指吃了不會有問題的期限，但過了期限可能會有安
全上的危險；「賞味期限」則是指最佳的品嚐期限，通常用於可久
放的食品。

■ **胃の調子が悪いです。**

我胃不舒服。

「調子」也可以說
成「具合」喔！

■ **お腹が痛いです。**

替 頭（頭）／喉（喉嚨）

我肚子痛。

■ **ひどい下痢です。**

我肚子拉不停。

■ **熱があるみたいです。**

我好像發燒了。

■ **風邪を引いちゃいました。**

※「～ちゃいました」是「～てしまいました」的口語說法

我感冒了。

■ **足にけがをしちゃいました。**

我腳受傷了。

■ **鼻が詰まりました／鼻が詰まっています。**

我鼻塞了 / 我（現在）鼻塞。

■ **くしゃみが止まりません。**

替 咳（咳嗽）／鼻水（鼻水）

噴嚏打不停。

■ 冷や汗がひどくぞくぞくします。
<small>ひ あせ</small>

我冷汗冒個不停。

這裡的「気」要念成「け」，
而不是「き」喔！

■ 吐き気がします。
<small>は け</small>

替 めまい（頭暈）／寒気（發冷）／頭痛（頭痛）
<small>さむ け</small>　<small>ず つう</small>

我想吐。

■ 食欲がありません。
<small>しょくよく</small>

我沒有食慾。

■ 息苦しい感じがします。
<small>いきぐる</small>　<small>かん</small>

我感到呼吸困難。

■ 手足がしびれます。
<small>て あし</small>

我的手腳會麻麻的。

安心情報

萬一在日本身體不適嚴重到需要就診的話，請務必保留就醫診所的收據正本、費用明細、診斷書，回到台灣後在六個月內，附上核退申請書（在健保局的網頁上可下載）及護照影印本（本人照片頁和海關的出入境核章頁），就能申請部分核退醫療費用。

（資料來源：中央健保局官網）

## 7-5 " 緊急時刻 "

### ❈ 你可以這麼說 ◉ MP3 **127**

■ その<ruby>男<rt>おとこ</rt></ruby>を<ruby>捕<rt>つか</rt></ruby>まえて！

快抓住那個男的！

■ <ruby>助<rt>たす</rt></ruby>けて！

救命啊！

■ やめて！

住手！

■ <ruby>誰<rt>だれ</rt></ruby>か<ruby>来<rt>き</rt></ruby>て！

快來人啊！

■ <ruby>火事<rt>かじ</rt></ruby>だぁ！

替 <ruby>地震<rt>じしん</rt></ruby>（地震）／<ruby>泥棒<rt>どろぼう</rt></ruby>（小偷）／スリ（扒手）／<ruby>変態<rt>へんたい</rt></ruby>（變態）／<ruby>事故<rt>じこ</rt></ruby>（車禍）

有火災！

■ <ruby>救急車<rt>きゅうきゅうしゃ</rt></ruby>を<ruby>呼<rt>よ</rt></ruby>んでください。

替 <ruby>警察<rt>けいさつ</rt></ruby>（警察）

請幫我叫救護車。

■ すみません、お<ruby>手洗<rt>てあら</rt></ruby>い、お<ruby>借<rt>か</rt></ruby>りできますか？

不好意思，可以跟您借個洗手間嗎？

在車站突然看到有人昏倒在地，擋不住台灣人的熱血，飛奔過去確認那個人的意識：

---

■ 大丈夫ですか？大丈夫ですか？

（輕拍昏倒在地的人）你還好吧！你還好吧？

■ 駅員さん！駅員さん！

（大聲呼喚）站務員！站務員！

■ すみません、駅員さんを呼んできてください。

（請路人協助）不好意思，請幫我叫站務員過來。

---

## 闖關練習題

### ※ 日文解碼

| | （日文假名） | （中文意思） |
|---|---|---|
| ① 解熱劑 | | |
| ② 風邪 | | |
| ③ 下痢 | | |
| ④ 調子 | | |
| ⑤ 外貨 | | |

### ※ 關鍵助詞

① 鼻（　　）詰まりました。

② 誰（　　）来て！

③ あれ（　　）一緒に撮ってください。

④ これはどの国（　　）作られていますか？

⑤ 吐き気（　　）します。

（請依左方的中文提示，填入適當的搭配詞語。）

① 叫救護車　　　　救 急 車を ＿＿＿＿＿＿＿＿＿＿＿＿＿＿＿

② 攝影　　　　　　ビデオを ＿＿＿＿＿＿＿＿＿＿＿＿＿＿＿

③ 感冒　　　　　　風邪を ＿＿＿＿＿＿＿＿＿＿＿＿＿＿＿＿

④ 按下快門　　　　シャッターを ＿＿＿＿＿＿＿＿＿＿＿＿＿

⑤ 發燒　　　　　　熱が ＿＿＿＿＿＿＿＿＿＿＿＿＿＿＿＿＿

① 想請別人幫忙拍照時　　　　＿＿＿＿＿＿＿＿＿＿＿＿＿＿＿

② 請對方再拍一張照片時　　　＿＿＿＿＿＿＿＿＿＿＿＿＿＿＿

③ 想知道哪個賣得最好時　　　＿＿＿＿＿＿＿＿＿＿＿＿＿＿＿

④ 想問問看有沒有小罐一點時　＿＿＿＿＿＿＿＿＿＿＿＿＿＿＿

⑤ 想放聲大喊救命時　　　　　＿＿＿＿＿＿＿＿＿＿＿＿＿＿＿

關卡 ❼

# 實用語彙大集合

1 購物好用數字說法　　2 藥妝店商品　　3 品牌名稱及顏色
4 服飾名稱　　　　　　5 餐飲名稱　　　6 飯店用品
7 身體部位　　　　　　8 日本地名　　　9 電車及駐日代表處資訊

## ▶ *1.* 購物好用數字說法

### ✅ 樓層 🎧 MP3 **129**

| いっかい<br>一階<br>一樓 | に かい<br>二階<br>二樓 | さんがい<br>三階<br>三樓 | よんかい<br>四階<br>四樓 |
|---|---|---|---|
| ご かい<br>五階<br>五樓 | ろっかい<br>六階<br>六樓 | ななかい<br>七階<br>七樓 | はちかい　はっかい<br>八階・八階<br>八樓 |
| きゅうかい<br>九 階<br>九樓 | じっかい　じゅっかい<br>十階・十階<br>十樓 | なんがい<br>何階<br>幾樓 | |

### ✅ 物品 🎧 MP3 **130**

| ひと<br>一つ<br>一個 | ふた<br>二つ<br>二個 | みっ<br>三つ<br>三個 | よっ<br>四つ<br>四個 |
|---|---|---|---|
| いつ<br>五つ<br>五個 | むっ<br>六つ<br>六個 | なな<br>七つ<br>七個 | やっ<br>八つ<br>八個 |
| ここの<br>九つ<br>九個 | とお<br>十<br>十個 | いくつ<br>幾個 | |

### ✅ 日期（一） 🎧 MP3 **131**

| ついたち<br>一日<br>一號 | ふつ か<br>二日<br>二號 | みっ か<br>三日<br>三號 | よっ か<br>四日<br>四號 |
|---|---|---|---|
| いっ か<br>五日<br>五號 | むい か<br>六日<br>六號 | なの か<br>七日<br>七號 | よう か<br>八日<br>八號 |

## ✓ 薄或平的東西（如 T 恤、明信片、CD 等）◎ MP3 **132**

| いちまい<br>一枚<br>一件、一張 | に まい<br>二枚<br>兩件、兩張 | さんまい<br>三枚<br>三件、三張 | よんまい<br>四枚<br>四件、四張 |
|---|---|---|---|
| ご まい<br>五枚<br>五件、五張 | ろくまい<br>六枚<br>六件、六張 | ななまい<br>七枚<br>七件、七張 | はちまい<br>八枚<br>八件、八張 |
| きゅうまい<br>九枚<br>九件、九張 | じゅうまい<br>十枚<br>十件、十張 | なんまい<br>何枚<br>幾件、幾張 | |

## ✓ 鞋襪 ◎ MP3 **133**

| いっそく<br>一足<br>一雙 | に そく<br>二足<br>兩雙 | さんぞく<br>三足<br>三雙 | よんそく<br>四足<br>四雙 |
|---|---|---|---|
| ご そく<br>五足<br>五雙 | ろくそく<br>六足<br>六雙 | ななそく<br>七足<br>七雙 | はっそく<br>八足<br>八雙 |
| きゅうそく<br>九足<br>九雙 | じっそく　じゅっそく<br>十足・十足<br>十雙 | なんぞく<br>何足<br>幾雙 | |

## ✓ 日期（二）◎ MP3 **131**

| ここの か<br>九日<br>九號 | とおか<br>十日<br>十日 | じゅういちにち<br>十一日<br>十一號 | じゅう に にち<br>十二日<br>十二號 |
|---|---|---|---|
| はつ か<br>二十日<br>二十號 | さんじゅうにち<br>三十日<br>三十號 | さんじゅういちにち<br>三十一日<br>三十一號 | なんにち<br>何日<br>幾號 |

✔ 彩妝品 ◎ MP3 **134**

| ローション・化粧水（けしょうすい）<br>lotion<br>化妝水 | メイクアップベース<br>make up base<br>隔離霜 | ＢＢクリーム<br>BB CREAM<br>BB 霜 |
|---|---|---|
| ファンデーション<br>foundation<br>粉底 | ハードファンデーション<br>[和] hard＋foundation<br>粉餅 | コンシーラー<br>concealer<br>遮瑕膏 |
| フェイスパウダー<br>face powder<br>蜜粉 | アイブロウペンシル<br>eyebrow pencil<br>眉筆 | アイシャドー<br>eye shadow<br>眼影 |
| アイライナー<br>eyeliner<br>眼線筆 | リキッドアイライナー<br>liquid eyeliner<br>眼線液 | マスカラ<br>mascara<br>睫毛膏 |
| ビューラー<br>[原] アイラッシュカーラー<br>eyelash curler 睫毛夾 | 付（つ）けまつげ<br>假睫毛 | 付（つ）けまつげの糊（のり）<br>假睫毛膠 |
| アイテープ<br>eye tape<br>雙眼皮貼 | アイプチ<br>eye putti<br>雙眼皮膠 | チーク<br>cheek<br>腮紅 |
| リップクリーム<br>lip cream<br>護唇膏 | リップ（スティック）<br>lipstick<br>口紅 | グロス<br>gloss<br>唇蜜 |
| クレンジングミルク<br>cleansing milk<br>卸妝乳 | エッセンス・美容液（びようえき）<br>essence<br>精華液 | フェイスマスク<br>face mask<br>面膜 |

## ✅ **其他商品** ◎ MP3 **135**

| | | |
|---|---|---|
| にゅうよくざい<br>**入浴剤**<br>入浴劑 | **ヘアカラー**<br>[和] hair＋color<br>染髮劑 | せいはつりょう<br>**整髪料**<br>美髮造型產品 |
| **コンディショナー**<br>conditioner<br>護髮乳 | せんがんりょう<br>**ウォッシング・洗顔料**<br>washing<br>洗面乳 | ひ　や　ど<br>**日焼け止め**<br>防曬乳 |
| にゅうえき<br>**乳液**<br>乳液 | **ハンドクリーム**<br>hand cream<br>護手霜 | ぐすり<br>**うがい薬**<br>漱口水 |
| めんぼう<br>**綿棒**<br>棉花棒 | つか　す<br>**使い捨てパンツ**<br>pants<br>免洗褲 | ばんそうこう<br>**絆創膏**<br>OK 繃 |
| いと<br>**糸ようじ**<br>牙線 | つめき<br>**爪切り**<br>指甲剪 | つめみが<br>**爪磨き**<br>指甲銼刀 |
| **ティッシュ**<br>[原] <u>ティッシュペーパー</u><br>tissue paper<br>面紙 | と　がみ<br>**あぶら取り紙**<br>吸油面紙 | **ウェットティッシュ**<br>wet tissue<br>濕紙巾 |
| め ぐすり<br>**目薬**<br>眼藥水 | い ぐすり<br>**胃薬**<br>胃藥 | **サプリメント**<br>supplement<br>保健食品 |
| **ビタミン**<br>[德] Vitamin<br>維他命 | せい り しょくえんすい<br>**生理食塩水**<br>生理食鹽水 | せんじょうえき　ほ ぞんえき<br>**洗浄液・保存液**<br>（隱形眼鏡的）<br>沖洗藥水、浸泡藥水 |

✔ **時尚精品** ◎ MP3 **136**

| | | |
|---|---|---|
| agnès b.<br>アニエスベー | ARMANI<br>アルマーニ | BALENCIAGA<br>バレンシアガ |
| Bottega Veneta<br>ボッテガベネタ | BURBERRY<br>バーバリー | BVLGARI<br>ブルガリ |
| Calvin Klein<br>カルバンクライン | Cartier<br>カルティエ | CÉLINE<br>セリーヌ |
| Chloé<br>クロエ | Chrome Hearts<br>クロムハーツ | COACH<br>コーチ |
| Dolce & Gabbana<br>ドル（チェ）ガ（ッ）バ（ーナ） | dunhill<br>ダンヒル | GIVENCHY<br>ジバンシイ |
| GUCCI<br>グッチ | HERMÈS<br>エルメス | JIMMY CHOO<br>ジミーチュウ |
| LOEWE<br>ロエベ | LOUIS VUITTON<br>（ルイ）ヴィトン | miumiu<br>ミュウミュウ |
| OMEGA<br>オメガ | PRADA<br>プラダ | ROLEX<br>ロレックス |
| Samantha Thavasa<br>サマンサタバサ | TIFFANY & CO.<br>ティファニー | VERSACE<br>ヴェルサーチ |

## 彩妝、保養品 ◎ MP3 **137**

| ALBION<br>アルビオン<br>艾倫比亞 | ANNA SUI<br>アナスイ<br>ANNA SUI | canmake<br>キャンメイク<br>canmake |
|---|---|---|
| CHANEL<br>シャネル<br>香奈兒 | CLINIQUE<br>クリニーク<br>倩碧 | Dior<br>ディオール<br>迪奧 |
| JILLSTUART<br>ジルスチュアート<br>JILLSTUART | Kanebo<br>カネボウ<br>佳麗寶 | Kao<br>か おう<br>花王<br>花王 |
| KOSE<br>コーセー<br>高絲 | LANCÔME<br>ランコム<br>蘭蔻 | L'OCCITANE<br>ロクシタン<br>歐舒丹 |
| LUNASOL<br>ルナソル<br>LUNASOL | MAYBELLINE<br>NEW YORK<br>メイベリンニューヨーク<br>媚比琳 | ORBIS<br>オルビス<br>奧蜜思 |
| SHISEIDO<br>し せいどう<br>資生堂<br>資生堂 | shu uemura<br>シュウ ウエムラ<br>植村秀 | SK-II<br>エスケーツー<br>SK-II |

## ✔ 電器 ⊚ MP3 **138**

| HITACHI<br>ひ たち<br>日立<br>日立 | TOSHIBA<br>とうしば<br>東芝<br>東芝 | MITSUBISHI<br>みつびし<br>三菱<br>三菱 |
|---|---|---|
| Panasonic<br>パナソニック<br>松下電器 | SONY<br>ソニー<br>索尼 | FUJITSU<br>ふ じつう<br>富士通<br>富士通 |
| SHARP<br>シャープ<br>夏普 | SANYO<br>さんよう<br>三洋<br>三洋 | CANON<br>キャノン<br>佳能 |
| NIKON<br>ニコン<br>尼康 | CASIO<br>カシオ<br>卡西歐 | OLYMPUS<br>オリンパス<br>奧林巴司 |

## ✔ 顏色 ⊚ MP3 **139**

| ブラック・黒<br>くろ<br>black<br>黑色 | ホワイト・白<br>しろ<br>white<br>白色 | グレイ・灰色<br>はいいろ<br>gray<br>灰色 | 赤<br>あか<br>紅色 |
|---|---|---|---|
| オレンジ<br>orange<br>橘色 | 黄色<br>き いろ<br>黃色 | グリーン・緑<br>みどり<br>green<br>綠色 | ブラウン<br>brown<br>棕色 |
| ネイビー・紺色<br>こんいろ<br>navy<br>深藍色 | ブルー・青<br>あお<br>blue<br>藍色 | ピンク<br>pink<br>粉紅色 | パープル・紫<br>むらさき<br>purple<br>紫色 |
| カーキ<br>[烏都語] khaki<br>卡其色 | ベージュ<br>[法] beige<br>米色 | ゴールド・金色<br>きんいろ<br>gold<br>金色 | シルバー・銀色<br>ぎんいろ<br>silver<br>銀色 |

## ▶ 4. 服飾名稱

**上半身** ◎ MP3 **140**

| ふく ようふく<br>服・洋服<br><br>衣服 | うわ ぎ<br>トップス・上着<br><br>tops<br>上衣 | はんそで ながそで<br>半袖・長袖<br><br>短袖 / 長袖 |
|---|---|---|
| こ ども ふく<br>子供服<br><br>童裝 | スーツ<br><br>suit<br>[男]西裝 / [女]套裝 | Tシャツ<br><br>T-shirt<br>T 恤 |
| シャツ<br><br>shirt<br>襯衫 | ワイシャツ・Yシャツ<br><br>white shirt<br>白襯衫 | ポロシャツ<br><br>polo shirt<br>Polo 衫 |
| セーター<br><br>sweater<br>毛衣 | カーディガン<br><br>cardigan<br>罩衫 | ニット<br><br>knit<br>針織衫 |
| ジャケット<br><br>jacket<br>夾克 | コート<br><br>coat<br>大衣 | ダウンジャケット<br><br>down jacket<br>羽絨外套 |
| ベスト・チョッキ<br><br>vest / [葡] jaqueta<br>西裝型背心 | タンクトップ<br><br>tank top<br>坦克背心 | キャミソール<br><br>camisole<br>細肩帶背心 |
| ババシャツ<br><br>shirt<br>衛生衣 | ブラジャー<br><br>brassiere<br>胸罩 | みず ぎ<br>ビキニ・水着<br><br>bikini<br>比基尼 / 泳衣 |
| き もの<br>着物<br><br>和服 | ゆかた<br>浴衣<br><br>夏季輕便和服 | じんべい じんべえ<br>甚平・甚平<br><br>類似和服的<br>男性夏季居家服 |

附録

| ワンピース<br>one-piece<br>洋裝 | スカート<br>skirt<br>裙子 | エプロン<br>apron<br>圍裙 |
|---|---|---|
| ミニスカート<br>mini skirt<br>迷你裙 | レギンス<br>leggings<br>內搭褲 | ズボン<br>[法] jupon<br>褲子 |
| Gパン・ジーパン・ジーンズ<br>[和] jeans＋pants / jeans<br>牛仔褲 | 海パン<sup>かい</sup><br>[原] <u>パンツ</u><br>pants<br>海灘褲 | 短パン<sup>たん</sup><br>[原] <u>パンツ</u><br>pants<br>短褲 |
| タック<br>tuck<br>褲子有打褶 | ノータック<br>no tuck<br>褲子沒有打褶 | 下着<sup>した ぎ</sup><br>內衣褲 |
| パンツ<br>pants<br>內褲 | Tバック<br>T-back<br>丁字褲 | ショーツ・パンティー<br>shorts / panties<br>女用內褲 |
| ブリーフ<br>briefs<br>男性緊身三角內褲 | トランクス<br>trunks<br>男性寬鬆四角內褲 | ボクサーパンツ<br>boxer pants<br>男性緊身四角內褲 |

## ✔ 配件與飾品 🎧 MP3 **142**

| アクセサリー<br>accessory<br>配件 / 飾品 | ぼう し<br>帽子<br>帽子 | キャップ<br>cap<br>棒球帽 |
|---|---|---|
| ハット<br>hat<br>寬邊帽 | イヤリング<br>earring<br>夾式耳環 | ピアス<br>[原] <u>ピアストイヤリング</u><br>pierced earrings<br>耳針式耳環 |
| ゆび わ<br>リング・指輪<br>ring<br>戒指 | ブレスレット<br>bracelet<br>手鐲 / 手鍊 | ネックレス<br>necklace<br>項鍊 |
| ブローチ<br>broach<br>胸針 / 別針 | カチューシャ<br>katyusha<br>髮箍 | めい し い<br>名刺入れ<br>名片夾 |
| マフラー<br>muffler<br>圍巾 | スカーフ<br>scarf<br>絲巾 / 領巾 | ショール・ストール<br>shawl / stall<br>披肩 |
| うで ど けい<br>腕時計<br>手錶 | て ぶくろ<br>手袋<br>手套 | ハンカチ<br>[原] <u>ハンカチーフ</u><br>handkerchief<br>手帕 |
| メガネ<br>眼鏡 | くろ<br>黒ぶちメガネ<br>黑框眼鏡 | サングラス<br>sunglasses<br>太陽眼鏡 |
| ベルト<br>belt<br>腰帶 | ネクタイ<br>necktie<br>領帶 | ストラップ<br>strap<br>手機吊飾 |

| けいたい<br>携帯ケース<br>手機袋 | スーツケース<br>suitcase<br>行李箱 | コインケース<br>coin case<br>零錢包 |
|---|---|---|
| さい ふ<br>財布<br>錢包 | リュック<br>[原]リュックサック<br>[德] Rucksack<br>後背包 / 登山包 | ポーチ<br>pouch<br>化妝包 / 收納袋 |
| ウェストポーチ<br>[和] waist＋pouch<br>腰包 | バッグ<br>bag<br>包包 | トートバッグ<br>tote bag<br>托特包 |
| ショルダーバッグ<br>shoulder bag<br>側背包 | ハンドバッグ<br>hand bag<br>手提包 | エコバッグ<br>[和] eco＋bag<br>環保購物袋 |

✔ 鞋襪 ◎ MP3 **143**

| くっ<br>靴<br>鞋子 | かわぐつ<br>革靴<br>皮鞋 | げ た<br>下駄<br>木屐 |
|---|---|---|
| スニーカー<br>sneakers<br>帆布鞋 / 球鞋 | ハイヒール<br>high heels<br>高跟鞋 | ブーツ<br>boots<br>靴子 |
| サンダル<br>sandal<br>涼鞋 | ビーチサンダル<br>beach sandal<br>海灘涼鞋 | スリッパ<br>slipper<br>拖鞋 |
| くつした<br>靴下<br>襪子 | ストッキング<br>stocking<br>絲襪 | タイツ<br>tights<br>褲襪 |

## ✔ 飲料 ◉ MP3 **144**

| | | |
|---|---|---|
| みず<br>お水<br>水 | ちゃ<br>お茶<br>茶 | こうちゃ<br>紅茶<br>紅茶 |
| まっちゃ<br>抹茶<br>抹茶 | ミルクティー<br>milk tea<br>奶茶 | レモンティー<br>lemon tea<br>檸檬紅茶 |
| コーヒー<br>coffee<br>咖啡 | ブレンド<br>blend<br>綜合咖啡 | カフェモカ<br>[和] cafe＋mocha<br>摩卡 |
| エスプレッソ<br>[義] espresso<br>濃縮咖啡 | カフェラテ<br>[義] caffellatte<br>拿鐵 | アメリカン<br>[原] アメリカンコーヒー<br>[和] American coffee<br>美式咖啡 |
| カプチーノ<br>[義] cappuccino<br>卡布奇諾 | カルピス<br>Calpis<br>可爾必斯 | オレンジジュース<br>orange juice<br>柳橙汁 |
| （コカ）コーラ<br>Coca-Cola<br>可樂 | スプライト<br>Sprite<br>雪碧 | さけ<br>お酒<br>酒 |
| しょうちゅう<br>焼酎<br>日本燒酒 | ビール<br>[荷] bier<br>啤酒 | チューハイ<br>[原] 焼酎ハイボール<br>碳酸酒精飲料 |

## ✔ 餐點（一） ◎ MP3 **145**

| | | |
|---|---|---|
| パン<br>[葡] pao<br>麵包 | あんパン<br>[葡] pao<br>紅豆麵包 | メロンパン<br>[和] melon＋pao<br>菠蘿麵包 |
| だいふく<br>**大福**<br>大福 | ドラ<sup>や</sup>焼き<br>銅鑼燒 | せんべい<br>**煎餅**<br>仙貝 / 米果 |
| ようかん<br>**羊羹**<br>羊羹 | コロッケ<br>[法] croquette<br>可樂餅 | ハンバーグ<br>[原] ハンバーグステーキ<br>hamburg steak<br>漢堡排 |
| にく<br>**肉**じゃが<br>馬鈴薯燉肉 | カレーライス<br>[和] curry＋rice<br>咖哩飯 | スパゲッティ<br>[義] spaghetti<br>義大利麵 |
| ラーメン<br>拉麵 | とんこつ<br>**豚骨**ラーメン<br>豚骨拉麵 | みそ<br>**味噌**ラーメン<br>味噌拉麵 |
| しょうゆ<br>**醤油**ラーメン<br>醬油拉麵 | うどん<br>烏龍麵 | そば<br>蕎麥麵 |
| す し<br>**寿司**<br>壽司 | ずし<br>いなり**寿司**<br>豆皮壽司 | にぎ ずし<br>**握り寿司**<br>握壽司 |
| て まき ず し<br>**手巻寿司**<br>手捲 | ちゃわん む<br>**茶碗蒸**し<br>茶碗蒸 | ちゃづ<br>お**茶漬**け<br>茶泡飯 |

✅ **餐點（二）** 🎧 MP3 **146**

| | | |
|---|---|---|
| ぎゅうどん<br>牛丼<br>牛丼 | おやこどん<br>親子丼<br>親子丼 | どん<br>カツ丼<br>豬排蓋飯 |
| かいせんどん<br>海鮮丼<br>生魚片蓋飯 | さしみ<br>刺身<br>生魚片 | サラダ<br>salad<br>沙拉 |
| おにぎり<br>飯糰 | ぎょうざ<br>餃子<br>煎餃 | みそしる<br>味噌汁<br>味噌湯 |
| このやき<br>お好み焼き<br>大阪燒 | やき<br>すき焼き<br>壽喜燒 | やき<br>たこ焼き<br>章魚燒 |
| くしやき<br>串焼き<br>串燒 | おでん<br>關東煮 | てん<br>天ぷら<br>天婦羅 |
| なべ<br>お鍋<br>火鍋 | しゃぶしゃぶ<br>涮涮鍋 | なべ<br>ちゃんこ鍋<br>相撲鍋 |
| よなべ<br>寄せ鍋<br>綜合火鍋 | モツ鍋<br>※モツ：「臓物」<br>ぞうもつ<br>大腸鍋 | キムチ鍋<br>泡菜鍋 |
| ハンバーガー<br>hamburger<br>漢堡 | フライドポテト<br>[和] potato＋fry<br>薯條 | サンドイッチ<br>sandwich<br>三明治 |
| ピザ<br>pizza<br>披薩 | オムライス<br>[和] omelet＋rice<br>蛋包飯 | クレープ<br>crepe<br>可麗餅 |

## ✅ 燒烤 ◎ MP3 **147**

| カルビ<br>五花肉 | トロ<br>肥肉 | ロース<br>※ 從 roast 轉化而來<br>里肌肉 |
|---|---|---|
| ホルモン<br>[德] Hormon<br>大腸 | ハツ<br>※ 從 heart 轉化而來<br>心臟 | ユッケ<br>生牛肉 |
| ソーセージ<br>sausage<br>香腸 | ピーマン<br>[法] piment<br>青椒 | しいたけ<br>香菇 |
| キャベツ<br>cabbage<br>高麗菜 | とうもろこし<br>玉米 | にんじん<br>紅蘿蔔 |

## ✅ 調味料 ◎ MP3 **148**

| <ruby>醤油<rt>しょう ゆ</rt></ruby><br>醬油 | ラーユ<br>辣油 | <ruby>七味唐辛子<rt>しち み とうがら し</rt></ruby><br>七味辣椒粉 |
|---|---|---|
| こしょう<br>胡椒 | マスタード・わさび<br>mustard<br>黃芥末 / 綠芥末 | ドレッシング<br>dressing<br>（拌沙拉等）調味醬 |
| <ruby>塩<rt>しお</rt></ruby><br>鹽巴 | シロップ・<ruby>砂糖<rt>さ とう</rt></ruby><br>[荷] siroop<br>糖漿 / 砂糖 | ソース・たれ<br>sauce<br>醬汁 |
| <ruby>酢<rt>す</rt></ruby><br>醋 | だし<br>高湯 | <ruby>粉<rt>こな</rt></ruby>チーズ<br>cheese<br>起司粉 |

## ▶ 6. 飯店用品

◎ MP3 **149**

| | | |
|---|---|---|
| せっけん<br>石鹸<br>香皂 | ボディシャンプー<br>body shampoo<br>沐浴乳 | シャンプー<br>shampoo<br>洗髪精 |
| はみがこ<br>歯磨き粉<br>牙膏 | は<br>歯ブラシ<br>brush<br>牙刷 | ドライヤー<br>dryer / drier<br>吹風機 |
| タオル<br>towel<br>浴巾 | ミニバー<br>mini bar<br>小冰箱 | エアコン<br>[原] エアコンディショナー<br>air conditioner<br>空調 |
| まくら<br>枕<br>枕頭 | シーツ<br>sheet<br>床單 | ベッド<br>bed<br>床 |
| エキストラベッド<br>extra bed<br>多加的床 | スタンド<br>stand<br>檯燈 | かがみ<br>鏡<br>鏡子 |
| たんす<br>衣櫃 | カーテン<br>curtain<br>窗簾 | ようし<br>メモ用紙<br>memo<br>便條紙 |
| カーペット<br>carpet<br>地毯 | テレビ<br>[原] テレビジョン<br>television<br>電視 | リモコン<br>[原] リモートコントローラー<br>remote controller<br>遙控器 |

附
錄

## ✓ 頭部 ◎ MP3 150

| あたま<br>頭 | かみ け<br>髪の毛 | ひたい<br>額 | かお<br>顔 | ほっぺた |
|---|---|---|---|---|
| 頭 | 頭髮 | 額頭 | 臉 | 臉頰 |
| まゆげ | まつげ | め<br>目 | みみ<br>耳 | はな<br>鼻 |
| 眉毛 | 眼睫毛 | 眼睛 | 耳朵 | 鼻子 |
| くち<br>口 | は<br>歯 | した<br>舌 | あご | のど<br>喉 |
| 嘴巴 | 牙齒 | 舌頭 | 下巴 | 喉嚨 |

## ✓ 上半身 ◎ MP3 151

| くび<br>首 | かた<br>肩 | わき<br>脇 | むね<br>胸 | ちくび<br>乳首 |
|---|---|---|---|---|
| 脖子 | 肩膀 | 腋下 | 胸部 | 乳頭 |
| なか<br>お腹 | せ なか<br>背中 | こし<br>腰 | へそ | うで<br>腕 |
| 肚子 | 背部 | 腰部 | 肚臍 | 胳臂 |
| て くび<br>手首 | ひじ<br>肘 | て<br>手 | ゆび<br>指 | つめ<br>爪 |
| 手腕 | 手肘 | 手 | 手指 | 指甲 |

## ✓ 下半身 ◎ MP3 152

| しり<br>お尻 | ふと<br>太もも | あし<br>足 | すね<br>脛 | ふくらはぎ |
|---|---|---|---|---|
| 臀部 | 大腿 | 腳 | 小腿前面 | 小腿後面 |
| ひざ<br>膝 | あしくび<br>足首 | かかと | つまさき<br>爪先 | ほね<br>骨 |
| 膝蓋 | 腳踝 | 腳跟 | 腳尖 / 腳指 | 骨頭 |

◎ MP3 **153**

| ほっかいどう<br>1 北海道 | | | |
|---|---|---|---|
| あおもりけん<br>2 青森県 | いわてけん<br>3 岩手県 | みやぎけん<br>4 宮城県 | あきたけん<br>5 秋田県 |
| やまがたけん<br>6 山形県 | | ふくしまけん<br>7 福島県 | |
| いばらきけん<br>8 茨城県 | とちぎけん<br>9 栃木県 | ぐんまけん<br>10 群馬県 | さいたまけん<br>11 埼玉県 |
| ちばけん<br>12 千葉県 | とうきょうと<br>13 東京都 | | かながわけん<br>14 神奈川県 |
| にいがたけん<br>15 新潟県 | とやまけん<br>16 富山県 | いしかわけん<br>17 石川県 | ふくいけん<br>18 福井県 |
| やまなしけん<br>19 山梨県 | ながのけん<br>20 長野県 | ぎふけん<br>21 岐阜県 | しずおかけん<br>22 静岡県 あいちけん<br>23 愛知県 |
| みえけん<br>24 三重県 | しがけん<br>25 滋賀県 | きょうとふ<br>26 京都府 | おおさかふ<br>27 大阪府 |
| ひょうごけん<br>28 兵庫県 | ならけん<br>29 奈良県 | | わかやまけん<br>30 和歌山県 |
| とっとりけん<br>31 鳥取県 | しまねけん<br>32 島根県 | おかやまけん<br>33 岡山県 | ひろしまけん<br>34 広島県 やまぐちけん<br>35 山口県 |
| かがわけん<br>36 香川県 | とくしまけん<br>37 徳島県 | えひめけん<br>38 愛媛県 | こうちけん<br>39 高知県 |
| ふくおかけん<br>40 福岡県 | さがけん<br>41 佐賀県 | ながさきけん<br>42 長崎県 | くまもとけん<br>43 熊本県 |
| おおいたけん<br>44 大分県 | みやざきけん<br>45 宮崎県 | かごしまけん<br>46 鹿児島県 | おきなわけん<br>47 沖縄県 |

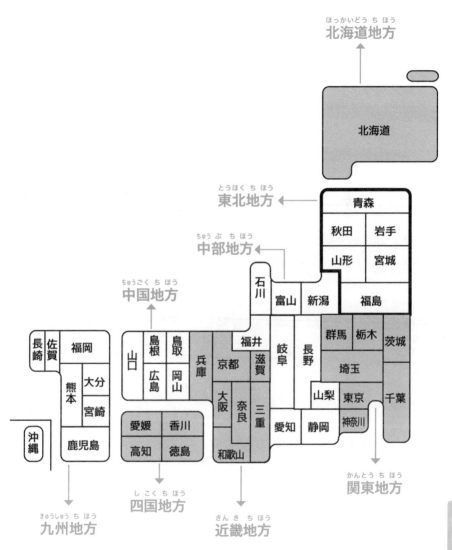

北海道地方
ほっかいどう ち ほう

北海道

東北地方
とうほく ち ほう

青森

秋田　岩手

山形　宮城

福島

中部地方
ちゅう ぶ ち ほう

石川　富山　新潟

福井　岐阜　長野

群馬　栃木　茨城

埼玉

山梨　東京　千葉

神奈川

中国地方
ちゅうごく ち ほう

島根　鳥取

山口　広島　岡山

兵庫　京都　滋賀

大阪　奈良　三重

愛知　静岡

和歌山

長崎　佐賀　福岡

大分

熊本　宮崎

沖縄　鹿児島

愛媛　香川

高知　徳島

四国地方
し こく ち ほう

近畿地方
きん き ち ほう

九州地方
きゅうしゅう ち ほう

関東地方
かんとう ち ほう

附録

**9. 電車及駐日代表處資訊**

◎ MP3 **154**

### ✔「東京メトロ」電車路線名

| ぎんざせん<br>銀座線 | ふくとしんせん<br>副都心線 | まる うちせん<br>丸の内線 | ひびやせん<br>日比谷線 |
|---|---|---|---|
| とうざいせん<br>東西線 | ちよだせん<br>千代田線 | ゆうらくちょうせん<br>有楽町線 | はんぞうもんせん<br>半蔵門線 |
| なんぼくせん<br>南北線 | | | |

### ✔「都営地下鉄」電車路線名

| あさくさせん<br>浅草線 | みたせん<br>三田線 | しんじゅくせん<br>新宿線 | おおえどせん<br>大江戸線 |
|---|---|---|---|

### ✔ 從新宿發車的ＪＲ電車路線名

| ちゅうおうせん<br>中央線 | そうぶせん<br>総武線 | やまのてせん<br>山手線 | さいきょうせん<br>埼京線 |
|---|---|---|---|
| しょうなんしんじゅく<br>湘南新宿ライン | | | |

### ✔ 可從新宿搭乗的其他電車路線名

| せん<br>りんかい線 | けいおうせん<br>京王線 | おだわらせん<br>小田原線 | せいぶしんじゅくせん<br>西武新宿線 |
|---|---|---|---|

### ✔ 東京的「モノレール」（單軌電車）路線名

| たまとし せん<br>多摩都市モノレール線 | うえのけんすいせん<br>上野懸垂線 | はねだくうこうせん<br>羽田空港線 |
|---|---|---|

## ✔ 山手線路線圖 ◎ MP3 **155**

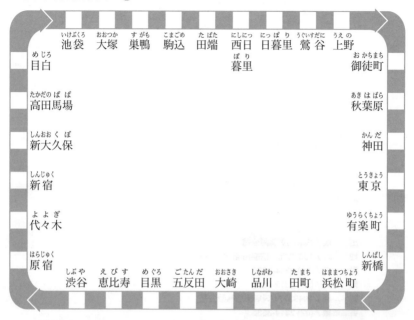

| | いけぶくろ | おおつか | すがも | こまごめ | たばた | にしにっ | にっぽり | うぐいすだに | うえの | |
|---|---|---|---|---|---|---|---|---|---|---|
| | 池袋 | 大塚 | 巣鴨 | 駒込 | 田端 | 西日 | 日暮里 | 鶯谷 | 上野 | |

めじろ
目白
ぽり
暮里
おかちまち
御徒町

たかだのばば
高田馬場
あきはばら
秋葉原

しんおおくぼ
新大久保
かんだ
神田

しんじゅく
新宿
とうきょう
東京

よよぎ
代々木
ゆうらくちょう
有楽町

はらじゅく
原宿
しんばし
新橋

しぶや　えびす　めぐろ　ごたんだ　おおさき　しながわ　たまち　はままつちょう
渋谷　恵比寿　目黒　五反田　大崎　品川　田町　浜松町

山手線（やまのてせん）的運轉模式分為「外回り（そとまわ）」（順時針方向）與「内回り（うちまわ）」（逆時針方向），列車駛離品川站之後又會繼續開往大崎站。

## ✔ 駐日代表處資訊

| | |
|---|---|
| ■台北駐日經濟文化代表處<br>　東京都港区白金台5－20－2<br>　電話：03（3280）7811 | ■台北駐日經濟文化代表處橫濱分處<br>　横浜市中区日本大通り60番地<br>　朝日生命横浜ビル2階<br>　電話：045（641）7736～8 |
| ■台北駐大阪經濟文化辦事處<br>　大阪市西区土佐堀1－4－8<br>　日栄ビル4階<br>　電話：06（6443）8481～7 | ■台北駐大阪經濟文化辦事處福岡分處<br>　福岡市中央区桜坂3－12－42<br>　電話：092（734）2810～2 |

**國家圖書館出版品預行編目資料**

全日語旅行 / 樂大維著. -- 初版. -- 臺北市：貝塔, 2012. 07
    面：  公分
　ISBN: 978-957-729-893-5（平裝附光碟片）

　1. 日語　2. 旅遊　3. 會話

803.188                                    101012898

# 全日語旅行

作　　者 / 樂大維
總 編 審 / 王世和
插圖繪者 / 瀨下純一
執行編輯 / 游玉旻

出　　版 / 貝塔出版有限公司
地　　址 / 台北市 100 館前路 12 號 11 樓
電　　話 / (02) 2314-2525
傳　　真 / (02) 2312-3535
客服專線 / (02) 2314-3535
客服信箱 / btservice@betamedia.com.tw
郵撥帳號 / 19493777
帳戶名稱 / 貝塔出版有限公司
總 經 銷 / 時報文化出版企業股份有限公司
地　　址 / 桃園縣龜山鄉萬壽路二段 351 號
電　　話 / (02) 2306-6842

出版日期 / 2012 年 7 月初版一刷
定　　價 / 280 元
I S B N / 978-957-729-893-5

全日語旅行
Copyright 2012 by 樂大維
Published by Betamedia Publishing

## ✎ 練習題解答

### ❋ 關卡 ❶ 行前準備

【日文解碼】

① 意味（いみ）　意思

② 邪魔（じゃま）　打擾；防礙

③ 無理（むり）　勉強；沒辦法

④ 苦手（にがて）　不擅長

⑤ 結構（けっこう）　不用；夠了

【一搭一唱】

① 作（つく）りたいと思（おも）います。

② 来（き）ました。

③ まだまだです。

④ 大好（だいす）きです。

⑤ 書（か）いてください。

【機智問答】

① 元気（げんき）です。

② 行（い）ってらっしゃい。

③ お帰（かえ）り。

④ どういたしまして。

⑤【肯定】どうも＝ありがとうございます。

　【否定】いいです＝結構（けっこう）です。

【有話直說】

① お久（ひさ）しぶりです。

② 失礼（しつれい）します。

③ 気（き）を付（つ）けて。

④ 意味（いみ）（が）分（わ）かりません。

⑤ もう一度（いちど）言（い）ってください。

【日文解碼】

① 滞在
たいざい
停留；旅居

② 加算
かさん
累積

③ 休暇
きゅうか
休假

④ 申告
しんこく
申報

⑤ 機内
きない
機艙内

【關鍵助詞】

① まで

② で

③ に

④ から

⑤ で

【機智問答】

① 旅行です。※其他説法請參考第 41 頁
りょこう

② 東京ホテルです。※其他説法請參考第 42 頁
とうきょう

③【肯定】はい、初めてです。
はじ

　【否定】いいえ、二度目です。
にどめ

④ 学生です。※其他説法請參考第 42 頁
がくせい

⑤ はい、どうぞ。

【有話直説】

① あの、すみません＝すみません、ちょっとお尋ねします。
たず

② 電車はどこから乗ればいいですか？
でんしゃ　　　　　の

③ 新宿までのチケットを二枚お願いします。
しんじゅく　　　　　　にまい　ねが

④ チェックインをお願いします。
ねが

⑤ 通路側の席にしてください。
つうろがわ　せき

【日文解碼】

① <ruby>電球<rt>でんきゅう</rt></ruby>　　燈泡　　　② <ruby>領収書<rt>りょうしゅうしょ</rt></ruby>　　收據

③ <ruby>夕食<rt>ゆうしょく</rt></ruby>　　晚餐　　　④ <ruby>料金<rt>りょうきん</rt></ruby>　　費用

⑤ <ruby>何番<rt>なんばん</rt></ruby>　　幾號

【關鍵助詞】

① が　　　　　　　　② まで

③ が　　　　　　　　④ で

⑤ に

【一搭一唱】

① <ruby>出<rt>だ</rt></ruby>します　　　　　② <ruby>借<rt>か</rt></ruby>ります

③ <ruby>買<rt>か</rt></ruby>います　　　　　④ なくしました

⑤ あります

【有話直說】

① <ruby>朝食<rt>ちょうしょく</rt></ruby>は<ruby>付<rt>つ</rt></ruby>いていますか？

② この<ruby>手紙<rt>てがみ</rt></ruby>を<ruby>出<rt>だ</rt></ruby>してもらえますか？

③ <ruby>予約<rt>よやく</rt></ruby>をキャンセルしたいのですが。

④ <ruby>領収書<rt>りょうしゅうしょ</rt></ruby>をください。

⑤ ホテルにはどのような<ruby>施設<rt>しせつ</rt></ruby>がありますか？

【日文解碼】

① 停留所 <ruby>停留所<rt>ていりゅうじょ</rt></ruby>　公車停靠站

② 通路 <ruby>通路<rt>つうろ</rt></ruby>　通道

③ 目印 <ruby>目印<rt>めじるし</rt></ruby>　記號；標誌

④ 交番 <ruby>交番<rt>こうばん</rt></ruby>　派出所

⑤ 階段 <ruby>階段<rt>かいだん</rt></ruby>　樓梯

【關鍵助詞】

① に

② に

③ で

④ で

⑤ に

【一搭一唱】

① <ruby>変<rt>か</rt></ruby>えます

② <ruby>描<rt>か</rt></ruby>きます

③ <ruby>入<rt>い</rt></ruby>れます

④ <ruby>乗<rt>の</rt></ruby>り<ruby>換<rt>か</rt></ruby>えます

⑤ <ruby>通<rt>とお</rt></ruby>ります

【有話直說】

① どうやったら、<ruby>向<rt>む</rt></ruby>こう<ruby>側<rt>がわ</rt></ruby>のホームに<ruby>行<rt>い</rt></ruby>けますか？

② <ruby>傘<rt>かさ</rt></ruby>、<ruby>忘<rt>わす</rt></ruby>れていますよ。

③ <ruby>切符<rt>きっぷ</rt></ruby>の<ruby>精算<rt>せいさん</rt></ruby>をお<ruby>願<rt>ねが</rt></ruby>いします。

④ お<ruby>先<rt>さき</rt></ruby>に、どうぞ。

⑤ <ruby>次<rt>つぎ</rt></ruby>の<ruby>駅<rt>えき</rt></ruby>はどこですか？

【日文解碼】

① 返品 (へんぴん)　　退貨　　　　② 値札 (ね ふだ)　　價錢標籤

③ 丈 (たけ)　　（褲管等）長度　　④ 品物 (しなもの)　　商品

⑤ 型番 (かたばん)　　型號

【關鍵助詞】

① に　　　　　　　　　　② と

③ が　　　　　　　　　　④ に

⑤ で

【機智問答】

① 【肯定】はい、見 (み) つかりました。

　　【否定】いえ、まだです。

② ちょうどいいです。※其他說法請參照第 108 頁

③ 【肯定】はい、お願 (ねが) いします。

　　【否定】いえ、結構 (けっこう) です。

④ 三階 (さんがい) です。※其他說法請參照第 178 頁

⑤ 【肯定】はい、お願 (ねが) いします。

　　【否定】いえ、結構 (けっこう) です。

【有話直說】

① こちらの店員 (てんいん) さんですか？

② これ、色違 (いろちが) いはありますか？

③ お釣 (つ) りが間違 (まちが) っているようですが。

④ このカードは使 (つか) えますか？

⑤ レジはどこですか？

## 【日文解碼】

| | | | | | |
|---|---|---|---|---|---|
| ① | 注文 | 點菜 | ② | 相席 | 併桌 |
| ③ | 無料 | 免費 | ④ | 見物 | 參觀 |
| ⑤ | 伝票 | 帳單 | | | |

## 【關鍵助詞】

① へ　　　　　　　　　　② を

③ で　　　　　　　　　　④ で

⑤ に

## 【一搭一唱】

① 空きます　　　　　　　② 撮ります

③ 申し込みます　　　　　④ 送ります

⑤ 借ります

## 【有話直說】

① 中国語のメニューはありませんか？

② すみません、注文をお願いします。

③ 皿が一枚足りません。

④ 飲み物はお代わりできますか？

⑤ すみません、今、何時ですか？

【日文解碼】

① 解熱剤（げねつざい）　退燒藥　　② 風邪（かぜ）　感冒

③ 下痢（げり）　拉肚子　　　　　④ 調子（ちょうし）　狀態

⑤ 外貨（がいか）　外幣

【關鍵助詞】

① が　　　　　　　　　　② か

③ と　　　　　　　　　　④ で

⑤ が

【一搭一唱】

① 呼（よ）びます　　　　　② 回（まわ）します

③ 引（ひ）きます　　　　　④ 押（お）します

⑤ あります

【有話直說】

① すみません、写真（しゃしん）を撮（と）っていただけませんか？

② もう一枚（いちまい）お願（ねが）いします。

③ よく売（う）れているのはどれですか？

④ 小（ちい）さめのはありますか？

⑤ 助（たす）けて！

マイノート

喚醒你的日文語感！

對折後釘好，直接寄回即可！

100 台北市中正區館前路12號11樓

 貝塔語言出版 收
Beta Multimedia Publishing

 寄件者住址

**貝塔語言出版**
Beta Multimedia Publishing

讀者服務專線（02）2314-3535　　讀者服務傳真（02）2312-3535
客戶服務信箱 btservice@betamedia.com.tw

**www.betamedia.com.tw**

**謝謝您購買本書！！**

貝塔語言擁有最優良之語言學習書籍，為提供您最佳的語言學習資訊，您可填妥此表後寄回（免貼郵票）將可不定期收到本公司最新發行書訊及活動訊息！

姓名：＿＿＿＿＿＿＿＿＿＿＿　性別：□男 □女　生日：＿＿＿年＿＿＿月＿＿＿日

電話：(公)＿＿＿＿＿＿＿＿＿(宅)＿＿＿＿＿＿＿＿＿(手機)＿＿＿＿＿＿＿＿＿

電子信箱：＿＿＿＿＿＿＿＿＿＿＿＿＿＿＿＿＿＿＿＿＿＿＿＿＿

學歷：□高中職含以下 □專科 □大學 □研究所含以上

職業：□金融 □服務 □傳播 □製造 □資訊 □軍公教 □出版

　　　□自由 □教育 □學生 □其他

職級：□企業負責人 □高階主管 □中階主管 □職員 □專業人士

1. 您購買的書籍是？＿＿＿＿＿＿＿＿＿＿＿＿＿＿＿＿＿＿＿

2. 您從何處得知本產品？(可複選)

　　　□書店 □網路 □書展 □校園活動 □廣告信函 □他人推薦 □新聞報導 □其他

3. 您覺得本產品價格：

　　　□偏高 □合理 □偏低

4. 請問目前您每週花了多少時間學外語？

　　　□ 不到十分鐘 □ 十分鐘以上，但不到半小時 □ 半小時以上，但不到一小時

　　　□ 一小時以上，但不到兩小時 □ 兩個小時以上 □ 不一定

5. 通常在選擇語言學習書時，哪些因素是您會考慮的？

　　　□ 封面 □ 內容、實用性 □ 品牌 □ 媒體、朋友推薦 □ 價格□ 其他＿＿＿＿＿＿

6. 市面上您最需要的語言書種類為？（□日語 □英語）

　　　□ 聽力 □ 閱讀 □ 文法 □ 說 □ 寫作 □ 其他＿＿＿＿＿＿＿

7. 通常您會透過何種方式選購語言學習書籍？

　　　□ 書店門市 □ 網路書店 □ 郵購 □ 直接找出版社 □ 學校或公司團購

　　　□ 其他＿＿＿＿＿＿＿

8. 給我們的建議：＿＿＿＿＿＿＿＿＿＿＿＿＿＿＿＿＿＿＿＿＿＿＿＿＿＿＿＿＿＿

＿＿＿＿＿＿＿＿＿＿＿＿＿＿＿＿＿＿＿＿＿＿＿＿＿＿＿＿＿＿＿＿＿＿＿＿＿＿

喚醒你的日文語感！

こまかい日本語のニュアンスをうまく起こさせる！